陈舜臣随笔集

1964年的便笺

〔日〕陈舜臣 著
李达章 译

中国画报出版社
CHINA PICTORIAL PRESS

图书在版编目（CIP）数据

1964年的便笺 /（日）陈舜臣著；李达章译. -- 北京：中国画报出版社，2019.1
（陈舜臣随笔集）
ISBN 978-7-5146-1654-5

Ⅰ. ①1… Ⅱ. ①陈… ②李… Ⅲ. ①随笔—作品集—日本—现代 Ⅳ. ①I313.65

中国版本图书馆CIP数据核字(2018)第197945号

1964年的便笺
[日]陈舜臣 著　李达章 译

出 版 人：于九涛
责任编辑：代莹莹
版式设计：詹方圆
责任印制：焦　洋

出版发行：中国画报出版社
地　　址：中国北京市海淀区车公庄西路33号　邮编：100048
发 行 部：010-68469781　010-68414683（传真）
总编室兼传真：010-88417359　版权部：010-88417359

开　　本：32开（787mm×1092mm）
印　　张：8.5
字　　数：110千字
版　　次：2019年1月第1版　2019年1月第1次印刷
印　　刷：北京通州皇家印刷厂
书　　号：ISBN 978-7-5146-1654-5
定　　价：58.00元

目录

我的原生态——祖父的书

祖父去世时，我小学三年级。那天我就站在他枕旁，至今仍记得他临终前那瞬间的嫣然一笑。以至于那之后的一段时间里，我始终认为人死的时候是要笑的。当被告知祖父已经无法挽留的时候，我刹那间的一个念头是“今后能教我朗读的人再也没有了”。

直到两年后搬家，祖父的房间始终保持着原样。带有玻璃门的书架仍立在书桌旁边，只要我有时间就会从书架中拿出书来翻阅。不过，我并不是想读书，而是很喜欢那书中散发出来的味道。祖父不在了，我好像有一种自己就是这书架主人的感觉。

书，堆放在书架中，主要是汉文典籍。似乎祖父不喜欢将书籍纳入帙中存放，大概因为想阅读的时候还要一本一本从帙中取出，难免让人着急吧。祖父是个心灵手巧的人，对买来的书总要自己修整一番。将书皮拆掉，然后换上稍硬一些的纸。就连装订书籍的线也要拆掉，所以应该说祖父是自己重新进行装帧才对。书架中的书皮颜色整齐划一，均呈黄色。说是黄色，其实与皮肤的颜色很接近。每次买来书皮所用的纸张后，祖父都要用毛刷在那硬纸上涂抹一层黄色液体。风干后，再涂抹一遍。那液体带有一种很奇特微妙的味道。我经常会抱膝坐在一旁看祖父的这番工作,从不厌烦地看着。看这种单调的工作有什么意思呢？据说兄长等人当时都猜不透我的心思。

究竟对一位老人自制书籍封面的什么地方感兴趣，记得不光是家人不理解，就连来访的客人也曾问过我。如今，只记得被问及的事，而如何回答的却想不起来了。但没有一次如实回答却是千真万确的。

我一边注视着祖父手上的动作，一边在脑海里随心所欲地幻想着，感觉很愉快。我当时顽固地认为，这纯属自己的世界，是不可以对外泄漏的，而这自我世界存在本身就更不可以言传了，因此对大人们的疑问总是随便敷衍地回答。

祖父去世后，父亲开了一家小店铺，店虽小但好歹也是店主，所以很忙碌。当然对祖父的书架等更是无暇照看。我家搬到神户的海岸大道之后，祖父的书架被放在祭祀祖先牌位的桌子旁边。从此这块地方便成为我的领地，因为打开书架玻璃门的只有我。我在那里翻阅着，沉浸在幻想之中。说是翻阅，比起那些聚满文字的页面来说，还是带有插图的页面更让我浮想联翩。《三国志演义》或《聊斋志异》中都有插图。天宝书局出版的《监本诗经》在目录的后面也会出现《诗经》中才有的动植物的插图。里面桃树的插图旁边写有“桃之夭夭”，写着“南有嘉鱼”的地方绘有很像乌龟的东西浮游于水面的图案。

其实，我并非只看插图，偶尔也会不经意地喃喃读出插图旁边的那些文字。祖父用闽南语教我朗读的某个段落，有时也会轻声脱口而出。或许在孩童的心中也会意识到不该放肆大声地朗读吧。

当时日本在台湾实行殖民统治，我们这些台湾籍儿童必须进日本的小学就读。应该说在学校无法接触的民族教育我是从祖父那里学到的。虽然口头传授的某个章节可以不经意地脱口而出，但我并不明白是什么意思。直到进入中学，开始学习日本式的汉文典籍之后，才有了“哎呀，原来如此……”。那一刻那种突如其来冰释的感觉，令我兴奋不已。

如今我仍保存着五十余本祖父装帧过的书。比如《纲鉴易知录》等，十分方便，至今仍在使用。前些时候，《纲鉴易知录》第二册的书皮不幸脱落了，那之后我便开始使用活版印刷的书籍了，祖父的书则基本作为纪念品珍藏了。

1977 年 4 月《昂》

人，与书相逢

用了“人，与书相逢”这个标题，可我依然固执地认为应该是“人，与同一本书数次相逢”，也不对，应该说“肯定能相逢”才对。

记得年幼时，祖父曾教我朗诵汉文典籍，用的是闽南口音，也就是福建南部到台湾一带的地方口音，与北京口音相差甚远。提到汉文典籍，本该是人们常说的从初学者的《三字经》到“四书”，但令人难以琢磨的是，祖父居然连《诗经》这类难读难懂的东西也让我读了。至今我手边还珍藏着一本《监本诗经》。这本书直到最后一页都有红笔留下的批注，或许祖父自己读书时仍想着怎样教给孙子才这样做的吧。

其实祖父要教的人并不是我，而是比我大三岁的哥哥。我只是像书中的附录一样坐在旁边陪读而已。虽然只是个附录式的陪读，但我还是跟着祖父一句句地重复着。因此，到了懂事的年龄，我已经可以背诵《三字经》等典籍了。当然，书中的意思完全不懂。

上中学后，开始有汉文课了。现在想起来，那时候接二连三的恍然大悟“啊！原来如此呀！”仍历历在目。原本那些不知所云就背诵下来的文理字义，现在至少能逐字理解了。这可以算是第二次相逢吧。

对于十四五岁的少年来说，通晓汉文典籍这种事首先就不太现实，充其量也就是停留在表面理解的程度罢了。

经过十年、二十年，由于某种机缘巧合，再次接触到曾经读过的汉文典籍时，你会感觉到生活阅历积淀了多少，你对古典文学的理解就能加深多少。由于我以文笔劳作为生，所以和书总有这样的机缘，第三次相逢，甚至第四次或第五次的相逢也是有的。说不定，到今天为止你也有过类似的念头——这里的文章字句一定另有深意，只是无奈心浊不清，这才意识到只有心灵更为清澈之时才能发现深意所在之处，而这种心灵的清澈总有一天会发生。这也许就是和同一本书多次相逢的理由吧。

我与鲁迅就有过这样的相逢。在第二次世界大战前的学生时代，我最初阅读的鲁迅作品是日译版本。这是一本由日本改造出版社发行的日文版《大鲁迅全集》，比中国最早发行的《鲁迅全集》还要早一年。第二次世界大战后，我在台湾读到了鲁迅的原著。虽然现在鲁迅的书在台湾成了禁书，但在战后的头几年里，鲁迅的著作和郭沫若、茅盾、巴金的书一样，也摆放在台湾的书店里。在台湾读到鲁迅原著的时候，我发现自己可以从不同于阅读日文版本的另一个视角观赏到作品所描写的时代舞台。从那以后，二十年过去了，我几乎每年都要去中国大陆旅行，每当再次读到《阿Q正传》或《狂人日记》时，我仍能从作品深处发现新的东西。

虽然很想推荐大家反复阅读同一本书，但我知道那些长篇巨著可不是轻易就能反复阅读的。就连古典小说，印象十分深刻的也不过是阅读中邂逅的某个章节。而鲁迅的作品以短篇居多，十分适合拿来反复阅读。如此说来，日本的俳句、短歌或者诗歌就更适合了。

我外出时，总要带上一本以前读过的袖珍本诗集。岩波书店出版的《李长吉诗集》要么被我翻得破破烂烂，要么被我遗忘在车里，现在手头上的这本已不知是第几本了。长期旅行在外，总是要换换心情的，所以除了带上自己十分崇拜的诗人的个人诗集外，我还会准备如《唐诗选》这样的名诗集。

在与书重逢的过程中，不仅可以从相同内容中感受获取新发现的那种喜悦，还有一种与往昔的自己不期邂逅的怀旧感，然而这又绝非一种单纯的怀旧，它能让我们突然醒悟“平日被忘却的根的所在”，甚至能唤醒我们“现在的我来自何方”。如果是这样的话，或许与书相逢的过程也是在怂恿我们“今后应该走向何方”。

时至今日我仍能感觉到，在李长吉的诗中封存着自己的青春，只要翻开书页，似乎随时都可以和年少的自己对话。哪怕这仅仅是一种感觉，也算是一种幸福了。

如此大赞反复阅读一本书，听起来也许像个精读论者。实际上，我的乱读是相当严重的。当然，精读和乱读是可以并存的，这自不待言。

1979 年 12 月《朝日新闻》

擅自拜借先祖

陈姓在中国与王、李、张、刘并列，属于人数众多可以排在前五名的姓氏。据说这五个姓氏大概占了全国总人口的五分之一。因为中国的姓氏不像日本那么多，所以陈姓大概有数千万人，这绝不是日本的铃木或佐藤等姓氏可以相提并论的。

各种姓氏都有其祖地，即发祥地，陈姓来自河南省的颍川。在日本也有部分姓颍川的人，诸如最初的德川时代的名医颍川入德。我想，他们一定是陈姓归化之后的子孙后代。

陈姓，传说是三皇五帝之一舜的后裔被封于颍川一带叫作“陈”的地方，其后代便以国名陈为姓。为此，人们难免忍不住想沾些先祖的光，便在名字里加上一个“舜”字。托祖先的福，与我同名同姓的还真不少。有人曾告诉我，他在京都的中学同学就叫陈舜臣。我上的中学在神户，自然不是同一个人了。第二次世界大战后，在回台湾的那段时间曾在报纸广告栏中看到大意是“儿子陈舜臣品行不端，现已断绝父子关系。若有向各位借钱一事，为父我概不负责”的启事。这当然也不是我。数年前，日本入国管理局的人对我说“你的名字出现在尼崎[1]一家中华料理店的股东名册里”。后来一打听，原来是同名同姓确有其人。仔细一想，我的名字也经常出现在报刊杂志上，想必一定给对方带去了不少烦恼。看在数千年前我等祖先们曾是颍川河畔把酒对饮的好朋友的分儿上，万望委屈忍让一下。

陈姓的远祖虽是舜的后裔，但逐渐分家，各奔东西。传说我家的始祖为后汉时期的陈寔。其实，一个家族的先祖越是古远，就越近乎于传说。中国的史学大家顾颉刚以及日本的富永仲基等都曾说过，传说越古老，越有可能是其后的时代所为，即是安插进远古时代的故事[2]。因为越是接近现代，就会发现几乎没有安插故事的缝隙。而时代越是古远，所谓“借用”就不会有人提出侵权索赔了。那么，称其家世名门久远的，自然难免令人感到蹊跷。

1 神户地区的地名，位于大阪和神户之间。——译者注

2 顾颉刚认为“时代越后，传说的古史期越长”。——译者注

陈寔不过是贫困乡村的一个小官吏，但正史《后汉书》却特意为其开篇立传。书中记载，陈寔于中平四年（187）八十四岁高龄辞世之时，前来参加葬礼者竟达三万余人[1]。《后汉书》中这样解释：只因天下敬佩他的高德。

陈寔家中曾被小偷光顾（光顾贫寒宅院，可见这小偷并不聪明），藏身于房梁之上。陈寔察觉梁上有贼，便叫来孩子们进行了一番说教："人并不是一生下来就是坏人，而是由环境恶劣等因素造成的。比如我们家梁上的那位先生就是这种情况。"梁上的盗贼听闻后大惊，随即从梁上跳下，跪地乞求原谅。自那之后，人们便将小偷称为"梁上君子"。

陈寔的儿子当中，元方和季方最是优秀。某日，他们的孩子争称"我爸的功德最高"，互不相让，后来找到祖父陈寔央求着要讨个说法给予裁断。祖父说："元方难为兄，季方难为弟。"

这两句"难兄难弟"直到今天仍可在字典中查阅，而且被经常使用，足见陈寔还是一位出色的编创流行词汇的大师。

陈寔是后汉时期的人，也就是说比日本邪马台国的卑弥

1　史书记载："海内赴吊者三万余人，制衰麻者以百数。"——译者注

呼[1]还要早。倘若遵循越古远就越蹊跷可疑的定论，不得不说我家始祖的由来也很蹊跷可疑了。

实际上，从长辈那里得知，我是陈家第三十三代，且家族祖坟的墓志铭也是这样写的。按照这个去推算，追溯到极致恐怕也就是宋元时代了，甚至连唐代都到不了。要想追溯到后汉时期，无论你怎么掐指计算都是徒劳的。

这么说来，如果陈寔是我家传说中的始祖，一定是擅自拜借来的。拜借的话，考虑出身名门望族的人物岂不更好，却偏偏拜借了既贫寒又没有做大官的陈寔，看来也只能说我家族的祖辈实在是谦恭老实之人。自己本身足够贫寒，拜借陈寔则恰好门当户对,我猜想这才是擅自拜借先祖的真相吧。

我的祖先从河南省颍川随着时光辗转来到福建省泉州府，后于清代渡海来到台湾。这种迁移无非是为了生计，祈求有个安稳生活的地方。我正在撰写以国姓爷为主人公的小说《风云儿郑成功》，在做了大量的查阅和考证后发现，十七世纪后期福州、泉州的百姓不仅要遭受大清国的压榨，困守在厦门岛的明朝国姓爷郑成功每到收获季节都会大肆动用军队前去征缴军粮。我家祖辈不过是一介百姓，被这里或

1 古代日本邪马台国的女王（约157—247）。中国史书中曾有记载。——译者注

那里压榨，想必一定十分劳苦，不由得让我隐隐嗅出在祖辈们历史中隐含的血泪与汗水。在描写骁勇善战的国姓爷的书案前，我感觉到了一丝来自心底的抗拒。

1975 年 8 月《现代》

《三国志》的作者

正史《三国志》的作者名叫陈寿。近三年来，因某月刊杂志一直在连载我撰写的三国志故事，所以陈寿的作品总是紧随我的左右。虽说他是一千七百年前的人物，但对我来说却有一种近在咫尺的邻人感觉。再加上同为陈姓，愈加有一种亲近感。

知道陈寿这个人还是在我小时候，不过却是通过一件于他的名声并不光彩的传说知道的。父亲曾告诉我："据说，陈寿与林姓的人关系很不好。因他过于憎恨某个姓林的人，所以在自己编写的历史中竟将姓林的人统统拿掉了。"

听到这个故事的时候我还是个小学生。

父亲只是一介商人，绝非学究之徒。当父亲讲这个故事的时候，我想象着，这个故事一定是父亲从祖父那里听来的。我的祖父似曾偏好学问，但就算是祖父讲的，这道听途说来的学问也是不可信的。

因为这就如同日本近代史的专家学者对姓铃木的人十分嫉恨，因而便把名叫铃木的人一个不留地从自己的著作中删除。这样一来，日本第二次世界大战后时期的首相铃木贯太郎，社会党主席铃木茂三郎，文化界的铃木大拙、铃木三重吉等将无一例外从日本近代史中消失。

如此一来，正确的历史还能书写吗？难道记载都不写姓名吗？

——那时的总理大臣……云云。虽然作为回避的手段也可以只写官称，但这样做毕竟实在太过辛苦了吧。显然，史学家的如此做法我们无法说他是公正的。

《三国志》陪伴左右的这三年间，我终于发现了一个秘密，至少可以说仅限于抹杀林姓这件事，陈寿是蒙受了冤情的。在吴国的《三嗣主传》当中，有一个林姓人物登场。一个名叫林恂的将军，他曾试图暗杀当时的实权派巨头，同时也是丞相的孙峻，但由于事先被察觉，结果他反被杀死。

《三国志》当中有着数不清的人物先后登台亮相，而林姓人物确实只有林恂一人。这是查阅了最近香港中文大学研究所出版的《三国志索引》之后确认的，应该不会错。顺便提一下，与我同姓陈的竟有七十人之多。最多的为刘姓，达一百四十五人。

即便只有一人，谢天谢地终于有一位林姓人物登场了。倘若没有，就连相处了三年的我也要开始怀疑了。看来，林姓在那个年代是个很少有的姓氏。无论是《史记》《汉书》还是《后汉书》，起码你在各列传的标题中的确找不到一位林姓人物。林，是南方的姓氏。这个姓氏渐渐增多并出现在历史中好像是稍晚一些的时间。而像林则徐、林彪等我们耳熟能详的林姓人物则大多是现代或近代的人物。如此说来，《三国志》中几乎没有林姓人物的出现应该不是陈寿的错了。

然而，之所以编造这些诋毁陈寿的说辞，其实另有缘由。想必，街巷杂谈多偏袒蜀汉，而陈寿则视魏为正统，才会招来平民百姓的嫉恨吧。不过谁为正统，这是史观的问题，所以我认为不该因此就对陈寿大加指责。

但是，阅读《三国志》之时，我们不妨留意一下，作者陈寿当时在“晋”任职，是个著作郎（史官）。曹爽、何晏这两位曾是顶撞过晋王朝的始祖司马氏的人物，因作者深究其二人的私生活，其形象被恶语扭曲。但从“魏”来看，他们二人却都是忠臣。

我读过因《魏志倭人传》而引发有人声讨《三国志》存在撰写偏好问题的文章。不过，我倒认为，即便存在撰写的偏好，撰写人陈寿的性格以及置身的环境等难道不是更值得细细回味和探究吗？对于邪马台国的兴衰，我时常会有一种心绪，很想问问对我而言已然不是他人的陈寿先生："邪马台国的事情，您究竟是从谁那里、如何听来的？您又是怀着怎样的心情写的呢？"

1977 年《宝石》

契丹与茶

在学生时代，我学过印度语和波斯语。无论印度语还是波斯语，表现“茶”这个单词的发音都是“cha”或是“chāy”。不用说，其发音源自中文的“茶”。波斯语中，尤其是在强调中国茶的时候，就一定说“chai kitai”。这里的“kitai”是因契丹时代周边各国将契丹释义为中国的国名而这样称呼的。

契丹作为一个部族，原是蒙古族的一个分支，早先称臣于唐朝。后于十世纪独立，建立了庞大的“辽国”。

辽国曾与大宋国相对立，其后因缔结了“澶渊之盟”彼此和睦相处，这是公元1004年的事了。此后的一个多世纪里，辽、宋一直保持着和平友好的状态。不用说，这期间彼此的贸易往来相当活跃。辽国向宋朝出口牛、羊等家畜，此外还有毛毯及人参等；宋朝出口到辽国的有茶叶、绢、香料、药材、杂货等。

我在想，中国茶叶开始大量向西输出应该是在这个时期吧。虽然波斯语表现中国的称谓多用常见的“Chini”，但只要说到茶，则要用“kitai”这一并不多见的惯用语。正是基于这个理由，我才有了上面的推断。

还有，俄语中将中国称作“Kitan”，大概也是因为自从和建立了大辽帝国的契丹民族接触之后，才有了首次与中国的邂逅吧。虽然俄语也写成“Cathay”，但直至今日仍用“Kitan”一词来表现中国，甚至航空公司的名称中也仍在延用该词。

契丹族属于蒙古族系中的游牧民族，那么他们的饮食生活一定多以肉食为主。以肉食为主，则难免缺乏维生素C。自从他们接受喝茶的习惯之后，一定发现了喝茶对整体民族的健康大有益处。我认为，正是茶叶中含有的维生素C让他们的体魄不断强壮，也使得他们的平均寿命得以延长。

游牧的契丹人自然要到处迁移，因此携带的茶叶体积不能过大。为了方便携带，他们的确下了一番功夫。就这样，形似砖头状的砖茶出现了。这种砖茶是用可凝结茶叶的粉状物，加上契丹民族特别嗜好的羊脂，再加上少许盐进行搅拌制成的。饮用时，要用刀子削入水中，然后放在火上烧煮。

这算是我“擅自”的推论吧。不过，当初还是唐朝附属国的契丹族之所以后来能够独立壮大，不正是源于民族体魄之强壮而引发精神上的高昂带来的巨大贡献吗？茶叶对一个民族精神上的鼓舞，作为一种推论应该有它的研究价值，恰如“健全的精神蕴藏于健全的肉体之中”。再者，曾经没有文字的契丹人在十世纪创造了自己的文字。而创造文字本身则表明，只有具备了强烈的民族自尊心才会倾力为之。唯有一叹，契丹文字至今仍无人可以解读。

很久以来无法解读的西夏文字，经西田龙雄先生的研究已基本可以解读了。相信契丹文字也总有被解读的那一天。到那时，契丹人曾拥有的高昂精神一定会在我们面前揭开它神秘的面纱。

契丹族的大辽帝国因昏君天祚皇帝所为，导致属下女真族得以独立，并建立了金国。随后在宋朝与金国的联手夹击之下，大辽帝国于 1125 年灭亡。

历史记载了辽国的首都北京一直抵抗到最后一刻的惨烈，然而这惨烈仍不失为一个民族精神的火花。

1977 年《PR 小册》

诃梨勒树

前些时候，我时隔许久再次拜访了唐招提寺。

自从井上靖先生的《天平之甍》出版之后，这个寺庙便和鉴真大师一起名声大振，然而这里并没有像东大寺或兴福寺周边那样遭遇团体游客蹴起的弥漫沙尘。的确，这里是精神休养的绝好去处，而这样的场所却已日渐稀缺。

鉴真大师立志东渡日本，前后花费了十二年，第六次终于东渡成功。就在第五次东渡之时，因突遇暴风雨而漂流至海南岛，后经桂林辗转至广州。鉴真大师双目失明正是那之后的事，或许在广州期间他就已经感觉到眼睛有些不适了。在那里，鉴真大师曾受大云寺之邀登坛授戒，在日本《东征传》中有这样的描写：

> 该寺有呵梨勒树两株，子如大枣。

此处的“呵”通常都写作“诃”。

诃梨勒的果实被称为“药中之王”，如今日本正仓院也仅保存了一粒当年留下的诃梨勒果实。

《本草纲目》中记载了诃梨勒果实具有祛体内寒气，暖肠腹，治胀满、食欲不振等功效。诃梨勒属使君子科，为较大的乔木，学名称作 Terminalia chebula Retz。

大云寺曾是三国时期孙权属下的将领虞翻被革职发配的住所，后来成为一所寺院，现已改称光孝寺。据记载，早在唐代初期，该寺曾拥有诃梨勒树四五十株，那么鉴真大师造访时仅剩下两株的话,应该是该寺中诃梨勒树最少的时候了。在此之后，据说于宋、明两代又有所增加。

到了清代，可能是枯竭或砍伐的原因，据该寺僧人于乾隆年间的文书记载，诃梨勒树竟已荡然无存。

再后来，据说一位名叫曾燠的人在当地任职司政使时，于该寺重新种植了诃梨勒树。

抗日战争结束后，这里曾是广东省立文理学院的临时校舍，那时仅存一株诃梨勒树。这株诃梨勒树仅有树龄百余年，当然不是一千二百年前鉴真大师初患眼疾时所看到的那株。

因为，清代末期的两广总督张之洞曾来此游玩，留下一首诃子树的诗，诗中有“兵火美荫残，艰难一株存”的句子。

如此说来，抗日战争爆发的数十年前，这里的诃梨勒树就已经仅存一株了。

诃梨勒树自三世纪以来在这里时而消失，时而被后人重新栽种。这起码说明，自三国时代开始，这个寺庙因诃梨勒树而闻名遐迩，其名声之大甚至被赞誉为“诃林”。在动荡的年代，人们无暇顾及诃梨勒树也算是一种无奈，但只要世间平和下来，诃梨勒树总是会让人们想起它——对呀，这里曾是诃梨勒树的名胜地，为什么不再种些诃梨勒树呢？

对诃梨勒树的兴衰，现代人似乎患上了重度的健忘症。对那些刻骨铭心的追忆，甚至连想都不愿意去想。或许刻意装扮难得糊涂？这也说不定。

1972 年 8 月《自然与盆栽》

石榴杂谈

近来，时常可以在水果店发现摆放着很大的石榴，据说是进口货。向懂行的业内人士一打听，那石榴的产地在美国佛罗里达州附近。这石榴比日本产的至少要大一倍吧。我去年到中国新疆旅行时，在很多地方都吃过这样硕大甜美的石榴。曾有人说，吃的东西并非个头儿越大味道就越好，但就石榴而言，越大则越美味。

石榴是西域的植物，据说原产地在伊朗附近。中国的古文献中，将现在苏联的乌兹别克斯坦加盟共和国的塔什干称为“石国”。石榴因为来自这个“石国”，所以称作石榴。石榴的别称叫作若榴，日本石榴的发音“zakuro”据说就是从这个别称的发音转化而来。

石榴在中国是喜庆的水果，常常被表现在画中。举行结婚仪式等时候，往往被拿来做装饰。石榴的果实颗粒既艳又多，因此常用来表现子孙后代繁衍不息。北齐的安德王延宗在完婚之后，去父亲文襄帝的王妃李氏的娘家拜访，王妃的母亲递给他石榴。“这是何意？”文襄帝在一旁不解地问道。大臣魏收说：“石榴房中多子，这是企盼多子多孙之意。”这个故事发生在距今一千多年以前，可见石榴作为喜庆之物至少是从那个时候开始的。顺便提一句，这个安德王便是因著名的“雅乐”[1]被我们熟知的兰陵王的弟弟。

不过，人们的联想是多视角的。既有从石榴联想到多子多孙喜庆之意的，也有因籽粒包裹红色汁液而联想到流血的。

佛典故事说，鬼子母神（河梨帝母）原是个吃小孩的恶女鬼。而她自己却生有五百个孩子。佛陀为了劝诫她，将她的一个孩子藏了起来。鬼子母神为此悲恸欲绝。此时佛陀教化她说：“五百个孩子中只丢失了一个，你就如此悲痛，你可知被你吃掉的孩子的父母是何等悲伤？”闻听此言，鬼子母神幡然悔悟，随即皈依佛门。此后，鬼子母神就变成妇女顺产和保佑小孩儿的神了。

在日本也非常信仰鬼子母神，到处都有她的祠堂，甚至

1　“雅乐”，即中国古曲《兰陵王入阵曲》。唐代时传入日本。至今奈良每年元月十五日都会演奏。日本视其为正统的雅乐，格外珍视。据说其传承有着一套十分严格的“袭名”与“秘传”制度。——译者注

还有 “抱歉鬼子母神”这类表示抱歉之意的双关俗语。鬼子母神也被称作欢喜母、爱子母等。在日本，其神像一定是身边被很多孩子簇拥，左手怀抱一子，右手通常托着一枚吉祥果。看画中的吉祥果就知道，那一定是石榴。据佛典描述，佛陀在教化鬼子母神时说：“今后如果忍不住还想吃小孩的话，就吃它的果实吧。”随后将石榴交给了鬼子母神。

看到吃了石榴，红色的果汁顺着嘴角滴落的样子，从而联想到鲜血，我想这个佛典故事一定是这样来的。

无论是多子多福的联想，还是流血的联想，因为人们视角不同，都是无可厚非的。如果是喜爱小说的读者，或许会在江户川乱步的名著《石榴》中浮想联翩。然而比这些更为重要的是，首先要拥有清晰的自我视角，然后对他人的视角报以宽容之心。要做到宽容，就必须理解对方，于心灵滤掉那些非宽容的唯我杂念。

我能理解多子多福和流血的联想，只不过石榴赋予我的印象首先是它的妖艳。石榴树和同样来自西域的胡桃树不同，它无法成为大树，但却十分可爱，甚至可以盆栽。北京紫禁城里，铺设石板的地方很多。到处是石板，自然裸露的土壤就很少，无法栽种树木。于是，就有盛满土的木桶式花盆，里面种着总是长不大的石榴树，它们被作为“庭院树”，排列摆放在那里。石榴树火红的果实呼应着汉白玉大理石和北京秋天那湛蓝的天空，显得格外般配和谐。

据说，唐代的公主曾把石榴的红汁液用于化妆，我想应该是当作腮红吧。不过，也有宫女用凤仙花做指甲油的记载，那么也许不仅是腮红，说不定还用石榴的红汁液染过指甲。如果每天用，那一定需要很多的石榴。传说，挤出红汁后的石榴籽被扔到院子里，日子久了，后宫的庭院不知从何时开始就有了石榴林。因为我知道这个故事，所以石榴对我来说是妖艳的。和我有着同样联想的诗人们，将女性那粉红的裙子咏作“石榴裙”，这简直是令人叹服不已的表达。

与石榴的喜庆相比，映日果（无花果）则是不幸的。映日果其实也有花（我们食用的部分只是花托隆起的部分），但就因为这“无花果”三个字，竟变成了与喜庆无缘的植物。这无实之罪可当真是莫须有了。

1978 年 1 月《每日新闻》

思竹寄怀

自家的玄关旁种了几根竹，八年的时间里不断生长着，如今已增加到二十几根了。清代画家郑板桥（1693—1765）在题画中这样写道：

> 余家有茅屋两间，南面种竹。

也不知为什么，我觉得这题画的景色很对口味，十分喜爱，便尝试着模仿了。用郑板桥的话说，因为不开花，所以没有蜜蜂或蝴蝶前来烦扰，这是竹子的优点。

在中国南方的很多地方，可以遇见在房屋周围种着很多竹子用来防风。类似这样的做法，足以说明竹子是非常实用的植物。虽然珍稀品种的竹子很昂贵，但普通的竹子并非如此，所以很适合我家的庭院。

日本的《竹取物语》里讲了一个以砍竹子、制作竹编的"竹取老翁”夫妇将诞生于竹子的辉夜姬姑娘抚养长大，后来竹取老翁变成了有钱人的故事。在民间传说中，通常在成为有钱人之前大多是极贫穷的。因为只有这种设定才会使故事变得更加有趣。据此推论，竹取老翁的初始一定是极度贫寒的。因为贫寒，才会以砍竹子为生，且山野中的竹子到处都是，也没有主人，就算有，砍去的竹子恐怕也没有值得动怒的价值。总之，竹子能保证贫寒人家的最低生活，的确是让人为之感激的植物。

汉高祖在年轻的时候，曾戴过用竹皮编织的冠，这应该是贫穷的象征了。他做了皇帝之后，这种冠被称作“刘氏冠”，一下子升格到普通百姓绝不可使用的高雅之物了。《三国志》中的刘备出身贫寒人家，以卖草鞋，编织帘、席为家业。席或帘的原料一定是竹子吧。五世纪后期的学者沈麒士曾被称作“织帘先生”，这是因为他的家境贫寒而不得不去织帘。有故事说，沈麒士在织帘时，曾被竹子划伤过手。由此可以佐证，其原料肯定是竹子。正是因为这些与竹子有关的故事，使我对竹子油然产生了一种亲近感。

中国文人也很喜爱竹子，但这种喜爱并非因竹子的贫富传说。既有像郑板桥那样，只为没有蜜蜂或蝴蝶的烦扰，刻意讨个清静而喜爱之人，也有因心仪竹子那挺拔伸展的姿态而被拨动心弦之人，当然更有喜爱竹子自身端庄有节、耿直不阿之人，也有喜爱竹子在寒冬仍能保持翠绿本色、不因节气蜕变而赞不绝口之人。晋代文献《竹谱》中对竹子有这样的描写：

不刚，不柔，非草，非木……

竹子，不在一般既成植物的范畴，足可见其特征一斑。竹，绝非珍奇之物，又非平庸之物，然而却存在于人们生活中触手可及之处。就这样，竹子的氛围已然浸透于靠近它的每一个人的心灵深处，所以也有人视竹子为可摒弃世俗之物。

王羲之（四世纪时期的书法家）的儿子王徽之很偏好竹子，某日曾指着竹子说：

何可一日无此君耶。

从此，“此君”就变成了竹子的别称。宋代苏东坡（1036—1101）曾说道：“无肉令人瘦，无竹令人俗。”后面还有一句：“人瘦尚可肥，士俗不可医。”

兰、梅、竹、菊被称作“四君子”。自唐朝以来，之所以将它们作为入画的题材，应该是它们具备典雅脱俗的品格吧。常言说，四君子可以洗涤人间秽肠，可以磨炼铮铮骨气。兰和菊，浓香高傲；梅，其花朵在严寒中仍可凛凛怒放；竹，不惧风雪，却可怀抱寒霜，而不改其青翠。

四君子当中，看似最容易画的当属竹子了。其他三君子都有花，而要画好花朵的模样，会让人感觉非常难。从这一点看，的确“竹”只要重复画好“个”字，仿佛其形状大致就有了。或许是这个原因吧，文人的画中以绘竹居多。前面提到的苏东坡就是一位画竹的文人，但是他的画法却与众不同：

画竹必先得成竹于胸中。

竹子，随处可见，但苏东坡认为与现场写生相比，必须在自己胸中描绘出竹子的姿态，然后绘画于纸或绢绸之上。

通常认为，这是一种否定写实、尊重精神意志的说法。但是，又有谁知道，要想做到在胸中描绘出竹子的姿态，究竟需要何等严谨的观察力和全神贯注呢？相比之下，写生要容易得多了。

某日，苏东坡墨笔画竹之时，从地面一笔直起至顶。见此状，米芾（1051—1107）不禁问道：

何不逐节分？

因为米芾画竹是按照竹节一个一个画出来的。对此，苏东坡答道：

竹生时，何尝逐节生？

竹子不是一个竹节接一个竹节地生长吗？但苏东坡将竹子笔直挺拔的生长视为关键，要在纸上描绘出竹子的精神。这样的竹子之所以能让人感动不已，自然首先必须画得像竹子。由此可见，苏东坡平时对大自然有着相当深入的观察。

对此，石涛（十七世纪的画家）则认为，画竹以竹节最为重要。竹子能够抵御风霜、挺拔向上伸展，正是因为有了竹节的坚实支撑。石涛注重竹节，因其不失竹子固有的气节。

是的，我们可以断言“此物即此物”，却不能断言“除此之外皆无”。人们既为没有竹节的竹子而感动不已，也因有竹节的竹子而震撼心扉。

在日本，通常说松、竹、梅。竹子是正月象征庆贺的代表之一。这是因为竹子从不改变青翠的缘故。如此说来，竹子的颜色就颇为重要了，自然也就有注重色彩的想法。然而，如果你妄言不用竹子的翠绿色就不是“竹画”的话，恐怕要贻笑大方了。

苏东坡任考官的时候，某日突然兴起，极想画竹。然而手边没有画墨，只有批改考卷的朱笔，无奈之下，便用朱笔画了一幅竹子，世人称之为“朱竹”，备受赞赏。对此有不屑之人认为，红色的竹子未免太古怪了吧。但也有人反问：

难道墨笔画的竹子就不奇怪了吗？因为墨与朱是相同的，都不是竹子的本来颜色。然而，无论是墨还是朱都可以笔下传神勾画出竹子的真谛来。

有无色彩或竹节，对艺术的真谛而言都不可能是绝对的。在今天这个世界上，我们仍能时常耳闻“仅此而已”或“唯我独尊”的绝叫之声，而每到此时，我都会想起一幅幅竹画的故事。

1979 年 1 月《每日新闻》

何必强求

我少年时代的家在神户一处距离海边很近的地方。门前有一条市区巴士往来的很宽的马路。路的对面便是大海。小学有一首歌叫作《我是大海之子》，有一句歌词："白浪喧闹着拍打着岸边的礁石……"不过，我家前面那大海翻起的白浪拍打的却不是岸边的海礁，而是钢筋混凝土建造的突堤。弯曲的海岸被防浪堤禁锢着，那已然是一片失去礁石气息的大海。空气中飘散的只有柴油和油漆的气味。停泊的船只经常需要重新刷漆，因此记忆中港口飘来的油漆味就从来没有中断过。偶尔也能闻到礁石的气息，但已不是这片大海原有礁石的气息了。因为产于北海道或对马或五岛的鱿鱼干、鲍鱼、鱼干等为了出口就暂存在港口附近的仓库里。就这样，别处大海带来的芬芳竟变成了神户港的气息。

由于靠近海边，因此断定那就是海礁的气味，这是一种错觉。学生时代曾带着大阪或京都的同学去游览神户港，对方经常会有感而发：“啊！这就是大海的气息。”当然，打动他们心扉的并不是油漆或柴油的味道，而是从仓库那边飘来的别处大海的芳香。但是，每次我都会说“不，那不是这里的气息”。每当听完我的解释，大多数人都会毫不掩饰地露出失望的神色。为此，我不得不陷入一种沉思。

无疑，此时的对方已经沉浸在一种心满意足的愉悦氛围之中，却因我的几句话使得那愉悦在瞬间消失殆尽。那么，如此放肆地一举摧毁他人心中涌动的情趣，这权力我有吗？可是，对方的涌动却是基于一个误谬的组合，那么指出这一误谬难道不正是一种温馨的好意吗？假如，我们对此听之任之，或许对方的误解还会不断加剧。对方的误解仅限于他自己倒也无妨，但这误解在社会上扩散的“危险”也是有的。因此，朦胧中有一种不立即纠正就会有违肩负社会责任的感觉——是的，记忆中曾有过这样的困惑。

社会责任云云，似乎有些夸张了，但三十多年来直至今日，我仍时常想起当初那一缕困惑。

近年来，我的小说有不少涉及书画、古董。大概是这个原因，有不少读者会将自己的收藏品拍成照片寄来，请我鉴定它的真伪、价值。而我只是小说家，不是古董鉴定家。且不说我没有这方面的专业知识，这种请求实属门不当户不对。自然我从未答复过，哪怕是一次。不过，每当我遇到这种事情，都会想，作为收藏者一定坚信它是真品，或者期盼它是真品，若宣布“这是赝品”，那绝对是一件异常残酷的事。但倘若将赝品鉴定为真品，那绝对是一件不能容忍的事。尤其对那些以此为职业的人来说，几乎就是否定他自身人性的一种罪恶。

没有人愿意摧残他人的梦想。因此我常常在想，如果要让自己拥有一个梦想，那么还是舍弃这种必须由他人来鉴定的梦想为好。

购买艺术品，只需买下足以打动自己的作品。其实，名家的或数百年前之物就形同“标签”，还是不要贪图它们为好。因为当你心怀贪婪去购买此类“标签”之后，你仍会心存究竟是真是假的疑虑，结果还是要找人来鉴定它的真伪。况且，原本就是赝品却远胜过真品的例子并不少见。换言之，即便是真品，拙作也是有的。这世间，名家年迈之后其作品也随之凋落的例子不在少数。是的，尤其是那些既需要精力也需要体力的作品随着制作者的衰老而黯然失色，这难道不是很自然的事吗？其实，高龄年迈之后其作品依旧光彩夺目的，倒是应该算作一种例外才对。

尽管如此，现如今悬挂着往昔辉煌业绩之余光的标签仍可谓所到之处通行无阻。而我认为正是那些悬挂标签的无趣乏味之作过于堂而皇之，才造就了赝品的风起云涌。因为打造赝品者恰恰是巧妙利用了人们心理的盲点而欲罢不能。

大海总会有礁石的气息——可以理解为是一种标签吧。神户这样的现代化港口虽然礁石的气息不复存在，但这一例外却被藏在那硕大的标签背后。如此，脑海中便将藏匿于仓库之中的气息认定为这片土地的味道了。

我认为，对“标签”的崇拜应该源自性情的急躁。踏踏实实地推敲、反复思量是需要时间和耐心的，情急之下省略掉这些过程，急不可耐地要得出结论，想来也算是人之常情。这种急躁的表现既有人与人之间的差距，也有民族与民族之间的差距。说到性情急躁，日本人那份绝不落后于他人的自信恐怕一定是有的。而就崇拜“标签”的霸道程度而言，日本却又是另一番的严重。在日本，或传统舞蹈，或插花，或茶道，这类修身养性之事无一例外地创建了各自的执照、证书制度，这就是标签，别无他论。据说，日本象棋来自印度，围棋则来自中国。但无论远祖是印度还是中国，以往都不曾有过册封段位的制度，段位制度诞生于日本。最高水平的棋士，在中国是授予“国手”称号的，而称号与段位的内在本质是不同的。称号是一种至高无上的荣耀，而段位则只是一种标签。

世界上有很多使用语言的艺术，但“落语”[1]这一形式却是日本特有的。我们说，只要是语言的陈述，最后都需要做个归纳总结。但“落语”的情形就不同了，结束前抖出的“包袱”并非对所讲笑话的总结，因为整个笑话都是为了结束前的“包袱”而创编的。

电视中常有这样的情形，播放A地区的各种景色，到最后记者采访在这里工作的年轻人“这里对你来说到底意味着什么呢”。显然，这提问在暗示回答一方该对整个采访做个总结了。

为何要如此热衷于对每件事做个总结呢？长时间的访谈姑且不论，仅十五分钟的节目没有这类总结不是很好吗？我也时常会接受采访，但每次让我抑郁难耐的正是结尾不得不说的那几句总结，且这类话还要适宜、中听。每每想到不得不搜肠刮肚地寻找这类辞藻时，简直就是欲哭无泪。如果面对“所谓小说，对您来说究竟意味着什么呢”之类的提问，

1 日本的“落语”，语言艺术。由一个人跪在榻榻米的垫子上来表演，类似中国的单口相声或独角戏。不仅行规严格，段子的形式也有规定。——译者注

我该如何作答？这种提问实在太恐怖了。

嗯，这需要我竭尽余生思考之后才能答复你了。

大概我只能这样回答了。

没有结尾的“包袱”就不是落语，但无需急于给出“总结性结论”的事在这个世界有很多。如果生硬且勉强去总结，那原本的形态岂不被扭曲？事事何必强求。

1977年1月《读卖新闻》

枕中书

每次被家人“咂、咂、咂……”地唠叨，一定是我呼呼入睡前留下了少许隔夜残酒在枕边的原故。这残酒当然不是为了清晨起床后喝的。午夜时酌上一口尚且可以，但无论什么酒，只要入杯，搁置一整夜之后，其难喝的程度是无需多言的。结果常常让收拾酒杯的人不知所措。每当挨批评的时候，

这比安眠药总要好一些吧。

这是我的辩解。

我从不吃安眠药，但曾有段时间买来放在枕边，防备万一睡不安稳，有药吃。这当然是给自己营造一个安心感罢了。

谁承想，这招数挺灵验的，至今还不曾服用一粒。后来，

这个被我称作“枕边放心药”的东西被酒替代了。这酒当然是真喝。为了深夜醒来还能品尝一口，于是留下少许备用。然而，通常会一觉睡到天明，备用之物也就变为一杯残酒——让打扫房间的人不知该如何处置的液体。

酒，未必能解决所有问题。不知该说是幸运还是不幸，我的酒量略比常人强一些。因此，也会遇到连酒也无法解决问题的时候。每当这个时候，我就会听收音机。正值深夜，音量当然会调得很低。

深夜难眠的原因多种多样。备感寂寞也算是其中颇具说服力的原因之一吧。貌似严肃地讲就是“孤独感”。听收音机可消除孤独感。因为即便是夜深人静，你知道同样有人因“无法入睡”而在此喋喋不休。如此一来，便可让自己释然，这也不失为一个好办法。

聆听午夜收音机的不仅是年轻人。其实，像我等中年男人或老年人，尤其是难耐寂寞之人的枕边都会有一台半导体收音机相伴。

据说，很久以前，汉代的淮南王就一直把成仙术的书放在枕边。或许是准备万一哪天读了这书之后便可成仙吧。说到底，这书的作用也是放心药。

广播，特别是午夜广播，对我而言等同于“枕中书”。

这与广播节目的高雅或低俗没有直接关系。只要不是那种特别吵闹刺耳的声音，我基本都能耐着性子聆听。

应该说，我从广播那里只有得到恩惠，却几乎无以回报。因为参加出演电视或广播节目，夸张地说，只要不是那种负有使命感的动情邀请——“这次您要是不来的话，……”等，我都尽量足不出户。虽然没有充裕的时间是最大的理由，也因家住神户，往返大阪广播局所浪费的时间绝非短暂。再者，足以补偿浪费时间的好节目也是千载难逢的。

偶尔参加出演节目后，无论是看到电视里的自己还是听到收音机里自己的声音都会感到很是羞臊。不过，换个角度考虑，却也是发现迄今无从知晓的另一个自己的绝好机会。当然，羞臊的感觉仍是无法改变的事实。所以，只要得到允许，我仍会尽量退避三舍。当然，偶尔陪家人一起看自己录制的节目也是有的，看到电视里“那家伙”的脸仍是让我窘态难掩。

不过，“看自己”倒让我知道了一个事实，我好像有个小毛病，一会儿这里，一会儿那里，到处瞄一眼。出演电视节目的时候，虽然对摄像机并不在意，却对电视监视屏十分在意。无论哪个录音棚或录影棚都会有数台电视监视屏，而我东瞄一眼A，西瞄一眼B，似乎是为了公平相待，视线不停地移动着。

人们常说，无论什么事都只是习惯的问题。但是，对我来说至今仍无法习惯出演电视或广播节目，而且毫无一点儿进步的迹象。这也算是我尽量回避出演节目的一个非常不小的理由吧。

1972 年 6 月《放送朝日》

最后的晚餐

如果告诉你这是最后的晚餐，那么相比餐桌上究竟摆放了什么，恐怕和谁围坐在一起进餐才是最重要的。的确，无论餐桌上有多少美味佳肴，如果是令你讨厌的家伙在身边，再好吃的东西也会变得难以下咽。不，不如说正因为摆放的是美味佳肴才会变得如此难吃。

总之，和心有灵犀的知己、快乐的朋友围坐在桌旁是大前提。孤独一人用餐是万万不可取的。如果在夏天，痛快而美美地畅饮一杯生啤，只要中杯的就好，然后睡上两个时辰再去吃饭。当然，重新坐到餐桌之后，最好啤酒就不要喝了。另外，即便是葡萄酒或日本清酒，一不小心就很容易过量，也不好。此时食为主、饮为辅。如果是白兰地，或许少量尚可。如果是中国酒，那么比起绍兴黄酒，想必茅台或五粮液更为适宜，因为这类酒均非暴饮之酒。

最后的晚餐会放在什么季节不得而知，但希望它是盛产竹笋的季节。因为只有竹笋无论你如何保存都不会带有生涩之味。将竹笋切成细丝，只需过油烹炒即可。也许有人曾经生怕闹肚子，搞得腹痛难耐，不得不强忍嘴馋的欲望尽量少食，但在最后的晚餐上，恐怕就无需顾及肠胃了吧。这种大义凛然的想法，虽不及石田三成[1]那流芳千古的美谈，但事到如今何尝不是自己说了算呢。

如果，我是说如果，这一天有人从北京坐飞机来日本，那就拜托带一只北京烤鸭；如果有人从上海坐飞机来日本，就算和季节有关，那也一定要拎上几只上海大闸蟹。要知道这是最后的晚餐，就算有冷冻大闸蟹，也拜托千万要带鲜活的回来。还有，就是长江的鲥鱼。不过，能品尝鲥鱼的季节很短，这不免让人有些忧虑。若鲥鱼鳞下有肥美的油脂，请记得一定要清蒸。鲍鱼、鱼翅、海参都要备齐，但无需很多。这可是中国菜肴的三件法宝。之所以提到这三件法宝，绝不是仅仅出于对它们的敬意，作为出生在海产品批发商人家的我，品尝这三种极品美味恰似回首人生的一种寄托。

1　石田三成（1560—1600），丰臣秀吉的爱将，军事上虽无赫赫战功，但治国有方。最后以20万担的官职毅然与250万担官职的叛军德川家康对决，因友军倒戈，寡不敌众，死于德川家康之手。——译者注

鲍鱼中，日本五岛出产的明鲍可谓极品。日本南部吉滨出产的鲍鱼也不错。不过每当我与鲍鱼相遇，都会想起曾经发生在海边竞买鲍鱼的失败。提起鱼翅，则一定能想起由于没有充分干燥就装船而引起索赔的事件等。我呷了一口五粮液，一边想：

万幸，我选择了当作家，我的确全无经商之才呀。

回顾一生，我为自己当初放弃毫无才能可言的经商而庆幸。在最后的晚餐想到这些，那庆幸与烈酒一定愈加的强烈。

饭后当然要有水果，且绝对不能少了哈密瓜。哈密瓜是一种橄榄球形状、比日本玫珑蜜汁网纹瓜的味道略微淡泊却总给人一种微微野趣的水果。记得某次从北京去乌鲁木齐，那是一次行程三天半的火车之旅。途中，列车长送来一个哈密瓜，那瓜的甜美令我至今仍在回味流连。旁边，一串吐鲁番的葡萄，然后李光桃（杏与桃嫁接的水果）、火镜柿（大枣和柿子嫁接的水果）各一个，因为所有这些无不和回忆链接交织着。或许，回忆才是真正的极品美味佳肴。

1976 年 12 月《别册文春》

江南美味——杂谈

三年前，于南京吃到鲥鱼，曾不禁感慨这世间原来还有如此美味，就算这感慨有些夸张，但我的确是这样想的。即便如此，当地人还是很同情地对我说："可惜呀，就是季节差了一点儿。"是的，单从鱼的名字可知，这是一种季节性很强的鱼，因而名字十分巧妙地和"时节"搭配。记得河豚在长江逆流而上的季节之后，鲥鱼也紧随其后进入长江，所以属于初夏时节的鱼。在夏季能吃到鲥鱼还不算太晚，而我品尝鲥鱼的时候已是十月中下旬了，因此才有稍微错过季节之说。都说鲥鱼鱼鳞下面的脂肪最是肥美，所以鲥鱼无论怎么做，是不会去掉鱼鳞的。如果吃的时候，有人要剥去鱼鳞，那他一定是吃鲥鱼的外行。

字典中，鲥鱼在日本叫“鯡鮗”[1]。据说，原来日本并不出产这种鱼。我时常想，错过季节的鲥鱼仍然如此好吃，那么时逢节气的鲥鱼该是何等美味呢？

去年，我时隔两年再次到江南旅行。那时已入深秋，很遗憾错过了品尝鲥鱼的季节。不过，秋季足以替代鲥鱼的江南代表性美食应该是螃蟹了。无论在南京、苏州还是杭州，所到之处的螃蟹都让我无心满意足。

醉蟹虽然也很好吃，但我更喜欢简单蒸出来的那种清淡的螃蟹。在苏州吃到的是清蒸，在南京和杭州则是清煮。当然，吃螃蟹要自己动手剥蟹壳。由于蟹壳坚硬，所以有的地方还会给你准备一个迷你案板和小锤子等。在餐厅里，到处都能听见“咚、咚、咚”砸蟹壳的声音，一位坐在旁边无邪自在的食客，忽然冲着我说了一句：“哈哈哈，我在吃螃蟹。”那情景实在童趣得很。

直接动手吃螃蟹，手指无论如何都会沾上蟹腥味。为了消除这种味道，店家会端上用菊花叶沏好的一盅热水放在旁边的桌子上。南京饭店用的不是菊花叶，而是煮好的菊花花瓣水。对消除蟹腥味而言，这实在是太绝妙了。蟹与菊，代

1　简体字中无法查到“鮗”。读音“hirakonoshiro”，日文通常也不用汉字。日本汉字的另一种写法为“鰣鰶”。——译者注

表着相同季节的两物，给我们平添了不少食趣。

有定论说，中国菜讲究实惠，日本菜的工夫则放在讲究观赏氛围上。但例外绝非没有。在南京，我吃过一次菊花火锅。火锅的炉子很大，呈钵形，钵形周围有很多不规则的孔。点火之后，细长的火苗会从这些孔中喷出并包裹在火锅的周围，犹如一朵大菊系的管瓣菊花一般。之所以要让一缕缕火焰包裹着火锅，自然是为了让人们看到这菊花。这不能说不重视观赏氛围吧。

再回到螃蟹的话题，在日本，与中国江南的螃蟹最为接近的当属来自德岛或香川的螃蟹。只要我弄到手，就一定会美滋滋地斟上一杯小酒。如果是秋天，我肯定会到院子里采几片菊花叶拿来煮好备着。

1975 年 4 月《小说新潮》

猫的物语

日语中有一句“猫的前额”[1]，用来形容地方很狭小，而且这句话更多的用来特指家中的庭院。就庭院而言，它的大小自然各不相同，为了形容小的程度，一般都会在句子中但书一笔“猫的前额”。不过，为什么一定要用猫的前额来形容面积狭小呢？既然要形容，为什么不说狗的前额呢？于是有人说，猫的脸比狗的脸要小。那好，比猫还要小的动物，比如松鼠或老鼠岂不是更好。可惜，我们从没听人说过“小得就像老鼠的前额的庭院”。

喜欢猫的人通常都喜欢抚摸、轻挠猫的前额。也许用手指即可感觉出猫的前额的宽窄，因此才会刻意拿猫的前额来形容吧。想来，的确极少有人会去抚摸老鼠等小动物的前额。

---

1 相当于中文“巴掌大的地方”。——译者注

那么对于爱猫之人而言，他们一定非常理解“猫的前额”的那种感觉，而且爱猫之人这种对猫的感情恐怕是不喜欢猫的人无法理解的。

去年（1976年），我的拙著《敦煌之旅》有幸获得大佛次郎奖。在授奖仪式的招待会上，大佛次郎夫人告诉我：“在《敦煌之旅》的壁画照片中还看见了一张猫的脸呢。”写的作品中到底哪一幅照片中有张猫的脸，竟然连我自己都不知道。

噢，是吗？照片中有一只猫……

我只能答非所问地应付着。回到家中，我开始拼命地翻阅查找，果然在一幅魏墓的壁画中发现了一张猫咪的脸。猫脸的位置在壁画上部很不起眼的地方。这不由得让我大发感慨，喜欢猫的人的眼力居然如此敏锐，真是了不起。

在动物当中，可以说猫和狗与人类有着亲密友好的关系。狗，可看家护院；猫，可捕捉老鼠。两者各自对人类尽心尽力，人类也同样对狗和猫十分疼爱。但是，就像有人形容狗有些过于黏人那样，狗十分驯服于人类，而猫却不是。当你喂食的时候，狗会摇着尾巴表现出极大的兴奋，而猫却会流露出极大的疑惑，甚至对食物只是瞥一眼，好像在说“真是的，既然你非要给我，那只好吃了”，然后左顾右盼地慢慢靠近食物。看上去，猫即便是面对主人也从未失去丝毫的戒心。按照爱猫之人的说法，狗是仆人，而猫则是贵族。

夏目漱石写过一本《我是猫》，这部作品的主人公可以说非猫莫属。如果狗是主人公的话，就绝不会有书中那样对人类的观察，因为狗与人类的交往过于紧密。“没有一定的距离，谈何观察”就是这个道理。仅此而言，猫与人类保持着距离，因此会给我们它总是在一旁冷冷观察人类的感觉。

猫的眼睛可随时间发生变化，总是用不同的目光在观察。你会觉得它用不同的视角眺望着周围，因此不得不认定只有猫才是最理想的观察者。当然，即便是保持一定的距离，猫仍然活动在我们人类的周围没有离去。在那些狂热的爱猫之人眼里，无论古今，这都表明猫与人类的缘分是极其深远的。可是，当真如此的话，这里就产生了一个极大的疑问。

与人类如此亲近的猫，为什么被排除在十二属相之外呢？

和猫一样作为人类之友的狗当然排在十二属相之中，就连伤害人类的老虎也在其中，甚至现实中并不存在的、想象中的龙也名列其中。为什么受到排挤的单单是猫呢？还有一个有趣的现象，有时当你询问女招待：“你是属什么的？”时常会听到“我属猫的”这类玩笑般的答复。不愿意让别人知道自己年龄的女性，在很多时候为了委婉地转移一下话题，都会拿猫来搪塞。

关于猫不在十二属相之列的疑问，已是很久以前的事了。也因为太多的质疑，民间传说中自然也就编进了很多故事。

例如，有故事说，上帝为了选拔十二属相而召集所有动物，猫因为迟到而落选。还有，因为老鼠被选为十二属相的首位，所以捕捉老鼠的猫自然就落选了。

果真是这样的话，彼此关系水火难容的狗与猴子最有代表性了，但它们却都在十二属相之列，这难道不奇怪吗？

狗和猴子的关系暂且不论。其实，关系真正不好的也许应该是狗和猫。我每日清晨都会带着狗去散步。平常都很老实的狗，途中只要遇到猫就会停下来，并从嗓子里发出异常的低沉嗥叫。

东欧有这样一个传说，猫和狗的工作分工是由上帝裁定的。即狗主外，猫主内。但随着时间的推移，狗觉得自己很不划算。屋外很冷，而且吃的东西也很少，但猫那家伙，不仅可以在温暖的屋内睡午觉，还可以吃得很饱。于是心怀不满的狗决定自己入住屋内，把猫赶到屋外去。但是，狗和猫的分工是上帝决定的，且上帝留下了裁定文书，也就是诏书。这诏书就放在屋内的顶棚上。

狗对猫提出要求说，咱们屋内屋外进行调换吧。你看，无论网球还是乒乓球，比赛中不是都要轮换场地吗。而猫则以上帝的裁定为由回绝了，猫说“上帝有诏书在此”。“什么诏书，我不知道。”狗耍赖地说。“我这就拿给你看。”猫愤愤地说。但是，就在猫爬上顶棚要取出诏书的时候才发现，诏书已经变得破烂不堪了。原来诏书被老鼠啃得面目全非。“臭小子，你个小混蛋！”说着，猫一怒之下捕食了老鼠。据说从此以后猫就开始捕食老鼠了。

“你说的诏书在哪里呀！不行，非对调工作不可！”狗对猫一边咬牙切齿地抗议着，一边张牙舞爪。据说，狗和猫之所以水火不容，起因就在于此。

有句话说得好，人们总是在无法信服的时候极力寻求令人信服的诠释。自古以来，像刚才那样的传说或诠释均是人类智慧的表现。因为猫不在十二属相之列这件事，也许仅仅是一个偶然，即当初决定十二属相的人恰巧不喜欢猫，一个再简单不过的理由。但是，对此无法信服的人太多。难道就没有一个更具说服力的理由吗？于是，面对这种期望，就诞生了上面这个故事。而这类故事的作者，岂不正是我们这些小说家的鼻祖。

1977 年 1 月《小说俱乐部》

史实与小说

听说没人见过西乡隆盛[1]的照片。那么他的脸究竟是什么样子，确切地说，不得而知。尽管当年他的家人和颇具影响力的朋友们就住在城山地区[2]，而且都很长寿，但百年之后的今天竟然仍是这样一个结果——没有他的照片。

所谓史实，是否就如同西乡隆盛的那张面孔呢？如果已经无人知晓，那么上野公园的铜像和课本中的肖像究竟该如何解释呢？

我认为这就相当于被人们撰写或研究的“历史”。

上野公园里的肖像，只可说十分酷似本人，但绝对无人

1　西乡隆盛（1827—1877），被称为明治维新的三杰之一。后成为打倒幕府运动的领导者，作为大总督府参谋指挥征东大军，曾兵不血刃拿下江户城。后于西南战争兵败，剖腹自杀。——译者注

2　城山地区位于日本鹿儿岛市北侧的一个小山。山脚之处的岩崎谷是西乡隆盛剖腹自杀的地方。——译者注

敢断言一模一样。

史实，如果有人认为那就是当年真实历史的留传记录，无疑是很危险的。

就拿中国来说，史书中对短命的秦王朝和隋王朝基本都没有流芳千古的赞美描述。根据史书记载，无论是秦始皇还是隋炀帝，均被描写为极恶无道之人。但我却认为不应该这样一概而论。

为什么这么说呢？我们知道，豪取天下后十余载的秦王朝被前后持续了近四百年的汉王朝取而代之；隋王朝的寿命不过三十余载，被之后持续了近三百年的唐王朝所取代。或许秦朝和隋朝都留下了自己的史料记载，但就算如此，书写这段历史的却都是它们的后来者——汉王朝和唐王朝。

换言之，是改朝换代者在书写史书。他们对于败者的描写自然要拿出自己的辩解。而对手的“暴逆非道”则是得天下者将自己正当化的最好的理由。

这样一来，尽最大可能抹杀那些足以证明对手并非“暴逆非道”的记载自然是一定要做的事了。那么，我们有理由相信，在发生过的暴逆非道当中也必然存在着后来者的“创造”。所以，不能说这样撰写的“历史”就是原原本本的史实。

秦始皇是最初统一中国的人物，隋炀帝是修建完成大运河而造福后世的人物。

而在“历史”的笔墨中，隋炀帝完全是为了自己的乐趣才修建了用于玩耍的大运河。那么这段历史是否就是“史实”呢？

或许，试图通过文化的、经济的交流，促使历经三国、魏晋南北朝这一跨越四百年之久仍处于分裂状态的中国尽早统一才是修建大运河的初衷。这样去推想岂不是更自然一些吗，至少我是这样想的。

隋炀帝在夜晚时有时会突然惊恐万状地大叫“有贼”，这应该是深夜恐惧症吧。如果单单拿出这件逸事渲染一番的话，人们也许只能认为隋炀帝是个十分没出息的胆小鬼。但是，隋炀帝的另一面，即作为王者应有的豪放的一面则很有可能被故意抹杀了。

说到深夜恐惧症，日本的北一辉[1]可谓与隋炀帝同病相怜。据说，在深夜如果夫人不牵着他的手，他甚至连厕所都去不了。然而，他“魔头”的一面却是众所周知的。如果，将他“魔头”的行为或论述抹杀，只留下深夜恐惧症的描述，那么北一辉将完全变成另一个人。

---

1 北一辉（1883—1937），日本思想家、社会活动家、国家主义的提倡者，他崇尚暴力，鼓吹战争万能。——译者注

笛卡尔的历史不可信论正是来自这种怀疑。

历史小说家要做的是，主观地且是竭尽全力地迫近那些被湮没在史实背后的人物。

或许，这种主观的产物毫无体系可言，只是跳跃的、没有学术价值的。但历史小说家却是“大胆假设”的提供者，从而成为学术界的一剂兴奋剂也说不定。

当然，绝非所有的历史小说都是如此。更多的是作者借助历史的舞台，仅仅在追逐“人间”的悲欢离合，其意图并不是迫近史实。然而，即便这种意图仅限于人间的悲欢，说不定那些对“人间”惟妙惟肖的描写反过来带给史实的是一束新的光亮。

当“史实不可知”是我们共同的前提时，历史学家也不该对那跳跃过度的小说冷眼轻蔑。这里绝没有打着小说的幌子就可以为所欲为的意思，因为在我看来，无论是历史学家还是小说家，大家都是触摸同一只大象的、群盲中的一员。因此，过分的排他性是不可取的。

不可知者即为神灵。在“史实不可知”的面前，人人都是平等的，任何人都应该是谦逊的。

1973 年 7 月《中日新闻报》

启　程

我荣获江户川乱步奖是在昭和三十六年（1961）。那年，水上勉先生的《雁寺》荣获直木奖，前一年的直木奖则由黑岩重吾先生的《背德的手术刀》荣获。

那是个社会派推理小说风潮达到顶点的时期。小说新潮杂志社因发行整本推理小说的特刊而大受欢迎，甚至出现了杂志界少见的增印盛况。由于刚获奖，我的小说不在特刊之列。但数月后，小说中央公论杂志社发行的推理小说特刊登载了我写的仅四十页的短篇“大南宫”，可谓幸运有加。不曾想竟博得好评，自然小说执笔人也收到了大大的“红包”。

有人认为，社会派推理小说风靡现象的起因是读者不愿追随脱离现实的本格派，从而涌向社会派推理小说。然而，我对这一解释抱有疑问。本格派很早就拥有它的固定读者群，虽不至于盲目扩展，但本格派似乎拥有从不衰减的特质。因此，社会派的壮大并非因为推理小说爱好者的取向发生了变化，而是社会派笼络了一批迄今为止从未涉足推理小说的读者，我认为这更接近真相。

获取读者宠爱的要素之一是“推理性”，而同时添加的“社会性”实在可谓强烈。因此哪怕前者略显粗糙、淡薄，仅以后者的魅力就足以成就较强可读性的小说也是可能的。

然而无论怎么说，松本清张先生的影子总是大大地投射在我们身上，要想摆脱绝非易事。水上勉先生有段时期也曾踏着那影子奋笔疾书。回过头来，看看自己的初期作品，终究还是在那影子的笼罩之中。

当年，我也曾有意识地匍匐着要从那影子中逃脱，异常的艰辛。而逃向何方，头脑中却毫无意识，总之，只要匍匐着逃离出去，没有多余的时间遐想，正如“暗中摸索”四个字所形容的那样。

我在创作初期，绞尽脑汁地凭空编排，哪怕只是形式上也要搞出一个密室的作品当真不少。看来，同样是一种无望的挣扎而已。

在这种状态下产生的作品，无不让我痛感那毫无依托地模仿“本格”是多么的脆弱。

“新派本格”一词已经很久没有听到了。不知从何时开始，我也开始用它调侃自己了。结果，最终还是回归到究竟该用什么去凸现“本格”固有的架构才是问题的关键。或许，所谓纯粹造就出来的“本格”原本就是没有的。

或许社会性、风俗性、浪漫性等诸多强有力的支柱体裁随着时光的推移总是在交替更换吧。那么需要你更加凝神专注的则是那创作的舞台，因为每当交替换幕之时，你都需要歪着头去认真思量。当你不经意侧身眺望的时候，会发现旁边的作家也在同样伏案思索着。是的，启程的时候，我常常会有这样的感觉。即便是现在，每当我问自己“究竟和当初有何区别”时，总有一丝寒意掠过。

1970 年 12 月《现代推理小说月报》

同窗司马辽太郎

位于大阪上本町八丁目，俗称“上八”的外国语学校，是一所总给人某种怪异，也许应该说是某种滑稽感的学校。

步入“上八”主要大街不一会儿就是学校正门，从那里开始就会有一种莫名的有意躲闪人们视线的感觉。正门右拐处矗立的那块写有“烈士碑”的石碑也好像在诉说着什么。这块碑，原本是为了纪念那些作为军事侦探或从事秘密特工人员死于中国大陆的毕业生建造的。似乎，这所学校曾是培养右翼壮士的肥沃土壤。殊不知，在昭和初期左翼运动的鼎盛年月，这里也曾发生过因逮捕右翼学生而导致整整一个班级“全班覆没”的事件。看来，这里左翼前卫的氛围也曾是相当浓厚的。

我和司马辽太郎相差一个学年，所以几乎同一时期，我也在这个混沌的学校学习。他在蒙古语班，我在印度语班。

选择印度语完全是因为我对竞争率过高的学科敬而远之，所以瞄准了有可能被录取的学科。当时蒙古语学科的竞争也没有那么激烈，所以他大概也与我抱有相似的动机参加了入学考试吧。

反正都是旧制高中[1]落榜的，摆出一副高才生的样子也是白搭——记得这样的风气在当时的学校相当盛行。

“学生时代，我是一个粗野鲁莽的少年”，记得司马辽太郎在哪本书里这样写过。虽然他这么说，其实他是个所谓粗野特点未能突出展现的学生。因为论粗暴，更过分的大有人在。而在大阪长大的他，在这类群体中几乎从来就没有崭露头角的机会。

他最突出的特点，也许是他长得很白净，而这是身不由己的。提起当年蒙古语班上的学生，要不就是很少洗澡，要不就是不洗脸的很多，在这样一群人当中长得白净自然十分扎眼。

总之，很白净是司马辽太郎学生时代给我留下的最深刻的印象。

战争年代的学生生活，其令人窒息的气氛非常浓烈。学

1 日本当时的“重点高中”。——译者注

习生涯的半途又要应征入伍，因此在学校的收获可谓寥寥无几。

司马辽太郎曾这样描述过："在京都曾做过大学方面的记者。那时，因某次在考古学课堂上流畅地朗读过蒙古语而得到学者老师的赞赏，这大概是学习蒙古语唯一的好处。"其实不然，还有很多因学习蒙古语受益匪浅的地方吧。倘若学习英、德、法这些学无尽头，简直如同掉进沼泽一般的语种，或是文法异常复杂的阿拉伯语等语种，恐怕自己的时间将被全部占用。不仅如此，仅十人的班级，一小时之内竟会轮番多次指名道姓地要你翻译课文，那预习和复习又该是多么令人难以忍受。

在这一点上，蒙古语仅需一年左右的时间就可基本掌握，而且听说也没有什么必须阅读的古典作品。

学生时代的司马辽太郎经常出没于图书馆，沉浸于杂学之中，甚至连钓鱼的书都不放过。其原因之一，应该说正是得益于蒙古语的简单。

一个嘴里"噗、噗、噗"地说着，准确无误地牢记词尾变化的司马辽太郎的形象，单凭想象就足够奇妙了。

还是学蒙古语好呀，我真的这么觉得。

1972 年 6 月《司马辽太郎全集 8 月报》

1964年的便笺

前段时间整理书库，翻出一张旧得变了色的签名用硬纸板。昭和三十六年（1961）我获得江户川乱步奖之后，住在神户附近的文学相关人士在花隈[1]的“宝月”餐厅为我举行了庆贺会，这便是那时候大家集体签名留念的厚笺[2]。虽然称之为文学相关人士，但除了庆贺会召集人白川渥先生以外，可以说，大家当时都是无名之辈。恰当地说，也就是一些作品或入选得奖，或荣获佳作之人士的一种聚会而已。早已不是文学青年的我，之前和参加庆贺会的诸位并不相识。“何不借获奖的机会与大家见个面？”——白川先生格外热心地为我举办了这个聚会。

1 神户地区的地名。——译者注

2 日本用来签名留念的特制“纸板”。质地较厚，形状各异，通常为四方形。——译者注变色的厚笺纸背面写着日期：1961 年 11 月 7 日。在正面的左下角写着“祝贺你 田边圣子”的字样。数了一下签名人，一共十二位，白川先生在正中间写着“庆贺获奖”，除了田边圣子，其他人都只是签名，从签字的大小看，田边的字最小。我与田边圣子相识就是从那天开始的。她的长篇小说《花猎》当时已经入选《妇人生活》杂志并获奖。所以，在那晚聚会的人当中，已经出版过书籍的只有召集人和我以及田边三人。

和田边的相识交往就此开始，比起那位“卡莫卡的老头”[1]，我们算是老相识了。

话题再回到变色的厚笺。我端详着它，禁不住笑了起来——这实实在在的、确实无误的、真真切切的，就是圣子真实流露的全部。仿佛她出现在那里说：“光写名字吧，显得太没创意了，对不？想写句‘恭喜你’吧，可其他人却啥都没写。再说了，太臭显摆也不合适，所以干脆把字写小一点儿得了……”

我眼前那变色厚笺的笔迹后面浮现出圣子小声喃喃的样子。应该说，这才是最圣子的写照吧。

1　田边圣子，以日本关西方言写作而著称的女性作家。她的随笔《卡莫卡的老头》中的主人公据说写的是自己的丈夫。女流作家川野彰子逝世后，川野彰子的丈夫和田边圣子再婚。——译者注看看昭和三十九年（1964）的记事便笺（因为还称不上是日记），2月8日这天，我给田边圣子打过电话，祝贺她荣获芥川奖。她获奖一事是不是当天发表的记不清了。看便笺记起，那段时间我去九州旅行了，大概是打电话的前一天才回到家中。记得后来我获得直木奖的那天下午，田边圣子曾特意赶来家中祝贺。看着便笺，我心中难掩惭愧。

我的记事便笺有时整整一年没有一个字，有时只记了两个月就没有了，可谓极其不负责任。然而，昭和三十九年的记事便笺却没有遗漏一天。也许因为这一年我患上了十二指肠溃疡，心中难免有些忐忑不安的缘故吧。

那么昭和三十九年，也就是1964年，正是日本称作“锅底景气”[1]的经济萧条之年，而我的便笺并没有言及有关景气的事。

便笺：2月24日，在“冈川”参加了“关东文化·花盛期”的座谈会，与田边圣子、足立卷一、赤尾兜子等畅谈。那天，雪静静地下得很大，下午两点准备回家。……

座谈会下午两点就结束了，大概我把十二指肠的事儿忘得干干净净，一直喝酒到深夜。不过，应该不是田边邀请我

---

1 在日本，“锅底景气”特指1964年前后经济大萧条时期。——译者注

们喝酒到那么晚，因为她当时未婚，且家住在尼崎，那静静的雪又下得如此之大。那晚，我的酒友是胃溃疡刚刚痊愈的赤尾君。

为了庆贺田边圣子拿到芥川奖，4 月 11 日那天，关西的朋友们在大阪绵业俱乐部六层举办了一个庆贺派对，当时足立卷一先生是主持人。记忆中，那是一次品位相当高雅的庆贺会。我的同桌中有高桥和巳君，宴会中他给我狠狠地上了一课，课的内容是如何让出版社邮来的现金信件巧妙地躲过妻子的法眼。“无论何时，上衣内侧口袋里都要悄悄地放好一个替换的信封，这就是要领”。当门铃响起之后，坦然地拿出印章去开门，将邮来的现金信封揣入内侧的口袋，并拿出准备好的替代信封，然后回到妻子面前撕开信口：什么呀，这是前些时候的照片嘛，还挺神秘的，用个挂号信寄来。我还以为是寄钱来了。

就这样故意发发牢骚。这的确是个不错的方法，可惜我从没实践过。说实话，那天的庆贺派对，只对高桥君的一番讲课记忆深刻。说来，很对不住圣子，那天她的样子竟然在记忆中毫无痕迹。

派对宴会上，我和川野彰子女士初次见面。其实，在 *VIKING* 杂志读过她的处女作，知道她也住在神户，却总是没有机会相见。她的处女作《在城外长大》的版权页写着昭和三十九年三月十日发行，那么，这次派对应该是她出版第一部作品之后没多久的事。如果没有记错的话，是*VIKING*的同仁高桥君把她介绍给我的。遗憾的是，如今两位都不在了。

便笺中写，宴会后，和邦光君在（大阪）梅田吃了天妇罗，然后回了神户。

或许是派对的氛围太有品位的缘故吧，邦光君和我在宴会上都没怎么吃东西。

从获奖到庆贺派对，相隔了很长一段时间，这大概是等待收录获奖作品出版发行吧。圣子的《伤感旅行》和川野彰子的《在城外长大》竟然是同一天出版发行，且出版社（文艺春秋出版社）也一样，这或许只能用缘分来形容了。

那以后，川野彰子和《现代小说》的三木总编一起来过我家，我夫人从此一下子变成了她的粉丝。之后的五月底，川野彰子的《城外景色》由讲谈社出版。因成功发行第二部作品，打算在小范围内庆贺一下，于是选择在神户的PAULISTA[1]设宴一席，那天是6月24日。田边圣子也来了，另外，除了老前辈白川渥先生，还有真野佐代、吉田纱美子

1 可以喝到巴西圣保罗咖啡的咖啡厅，也称“圣保罗人咖啡店”。——译者注

等女士。之后还有二次会、三次会，反正在我的便笺上记录着深夜零点左右才到家，那的确是个十分尽兴的庆贺会。

田边、真野、吉田三位女士的家在东边，记得是由白川先生护送回家的。川野彰子由我护送回到位于西边的荒田町的家，之后我才回家。

听到川野彰子去世的噩耗是那一年的 9 月 11 日下午两点多，我匆忙赶往荒田町。我甚至不敢相信悲切、焦虑奔走的这条路就是不久前送她回家的路。她的丈夫“卡莫卡的老头”由于无法承受这突如其来的打击，已悲伤过度卧床不起，因此未能谋面。彰子去世后的面容并没有那么憔悴，后来得知，她因急性肝炎仅住院三天便突然离去了。

回到家中，接到圣子打来的电话，询问去川野家的路怎么走。——如果说这是一幕情景剧，告诉你两年之后的圣子就住进了那里，恐怕除了万能的神灵谁都不可能知晓。

葬礼就在荒田町的宝地院举行。宝地院的中川和尚与我是酒友。我曾主动前来讨酒喝，也曾因好友也是画家的中西胜君在此举行佛前婚礼来过。寺庙仍是那个寺庙，却让我格外感到悲伤。

灵前，我和田边并排坐着，心情难以言表。送灵车前往梦野火葬场之后，我和田边以及讲谈社的片柳三人去喝茶。

喝茶的地点就在新落成的东方大酒店的大堂，坐在那里的我们只有哀叹，三个人几乎无语。

这之后的事情，我想只能让“卡莫卡的老头”告诉我们了。我和圣子后来虽多次见面，但在相当一段时间里我对她和“卡莫卡的老头”之间的事竟全然不知。

一年之后，民间广播大会的栏目竞赛关西地区预选赛，继上一年度，我和圣子仍受邀担任文学方面的评委。另外一位评委是依田义贤先生。那时，圣子还在万分惋惜地怀念川野彰子：“唉，当时她身体多好呀……可不敢太累着自己了。”

那之后，我在报纸上读过圣子写的题为“嗨，川野彰子”的随笔。对了，那年我们三人评选出来的广播文学最佳作品第一名是阪田宽夫的《我的基督》。

圣子和“卡莫卡的老头”之间的事，最早是《每日新闻》的赤尾兜子君告诉我的。虽然那还只是传闻阶段的事，但消息来自婚纱设计师森南海子的沙龙，那么多半可以确信吧。不过，我对谁都未提起过。其实在关西地区，和我以同样方式得知传闻的还有数人，但东京的媒体接到她结婚的消息却认为这简直就是闪婚。当时有很多人打电话到我那里，记得最先打来的是山本容朗先生。

1964 年的事我记得很清楚。不仅因为残留的便笺，更因为那是与十二指肠溃疡一边抗争着，一边没日没夜地撰写《鸦片战争》的一年。

1975年3月《半趣杂志》增刊

虱子与扇子，何谓夸张

在日本，提及弓箭方面的名人当属那须与一[1]。早在源平争霸（屋岛之战）那华丽的舞台上，遥远的浪波之中，浮现出一艘上下起伏的小船，小船上立着一把带扇轴的折扇。那须与一仰天向神灵祈祷之后，一箭射去，准确无误地射中了扇轴。被射中扇轴的扇子如同花朵绽开一样飞向天空，飘然犹如蝴蝶翻飞一般地落入海中。

相比之下，中国的弓箭名人姓纪，名昌。是哪个朝代的人物无据可查，但他的故事出现在《列子》这本古书中，肯定是太古的人物了。那么，他射的是什么呢？他是用一根动物尾巴的细毛，射中了悬吊在窗户上的一只虱子的心脏。

那箭穿透虱子的心脏时，一定发出了“扑哧”的声响。

1　那须与一，据推测是1169年生人，但卒年不详。平安末期的武将。但在学者之间，是否确有其人尚无定论。——译者注

这与犹如花朵绽放、蝴蝶翻飞的扇子相比，作为标靶的虱子鲜活淋漓得令人瞠目结舌，看似不太雅趣吧。

话虽如此，但人世间并非全部由美丽组成。这里或那里均有污垢，是个有点儿脏的世界。就算是较量本领的标靶，那画着一轮太阳的扇子实在是绚丽得过头了。兵法书中记载，兵(武器)乃不祥也。用于争斗的道具等物绝非可喜可贺之物。弓箭既然也是屠杀的道具，那么虱子作为彼此较量的目标岂不是挺好？你能嗅出生活的气息，而且很实在。

读过某杂志上讨厌中国的人说的一段话，意思是有关中国人的夸张。那么，浪涛中摇摆不定的船上的扇轴和吊挂在窗户上的虱子的心脏，到底哪个夸张呢？我以为彼此都很夸张。只是基准不同，无法相提并论罢了。折扇的扇轴是华丽的夸张，虱子的心脏则是生活的夸张。

任何事情如能明了易懂地昭示给我等凡庸之徒，那怕是掺杂一些略微的夸张，实是一件好事。明与暗分明的画卷让我们容易看得懂，善与恶分明的小说也一样让我们容易心领神会。让人清晰明了，的确需要艺术的夸张。

茶该如何去喝，最初是一位名叫陆羽的中国人教给了我们。而将喝茶升华至艺术，成为“茶道”的却是日本。嗓子渴了，抓起茶碗咕咚一口本是一件很爽快之事，将喝茶搞得儒雅、形式化的便是茶道，可以说这正是给了“喝茶”一个华丽的夸张。而在中国，喝茶与生活乃是密不可分之事，因此没有诞生所谓的茶道。

既然说到了夸张，那就再聊两句“夸张”。我认为，这扇子和虱子也恰恰体现了日本与中国在气质上的不同。

虱子，一种吸食人的鲜血且让人产生不愉快的瘙痒的虫子。虱子几乎没有一点儿好处可言。大概这虫子的唯一作用就是用作占卜的时候。当人病入膏肓、生死不明之时，抓来一只虱子进行算命被称作“虱子占卜”。这种占卜是在危重病人的身旁放下一只虱子，这虱子如果爬到病人的身上，这病人一定可以治愈；如果虱子背离病人而去别的地方，这病人就没救了。虱子以吸食活人的鲜血为生，其本能可辨别人的“鲜血”与“死血”。虱子对将死之人的血连看都不看，这连普通人都能想到。占卜这类事，以非科学居多，但虱子占卜却不得不说具有一定的科学性。

在卫生思想和医药远不如现代发达的那个年代，虱子比起现在要贴近人类许多。晋朝的王猛在见到桓温时，捉住他身上的一只虱子，然后一边用力捻死虱子，一边和桓温谈论国家大事。篡夺晋朝王位的是桓温的儿子，但这个桓温却是一人之下万人之上的实力派人物。都说桓温是个好客之人，想必来访的客人们也都是毕恭毕敬的。与那些来客相比，王猛则有着旁若无人的傲骨之气，而证明这傲骨之气的正是这虱子。

弓箭名人纪昌从师飞卫，师傅告诉他“不眨眼睛”是射箭的秘诀，于是他就躺卧在妻子的织布机下。当然，他可没有偷窥石榴裙下的胆魄，而是练习在不停转动的物体前面“不眨眼”的功夫。之后，把虱子吊在窗前，练习目不转睛地盯着看。紧紧地盯着看，那目标便会逐渐扩大，练习了三年之后，据说将目标可看成车轮的大小。如果那虱子变成车轮的大小，其他物体岂非像山一样大了吗?

山一样的标靶，就算是闭上眼睛也一定可以命中。纪昌当然是弓箭的名人了。但是，能否坐上弓箭的第一把交椅呢，只要师傅飞卫还活着，自然不能说这头把交椅属于自己。于是，纪昌决定杀死师傅飞卫。在日本小说家的作品中也出现过这位弓箭名人的故事。据说，两人射出的箭在空中相碰落到了地上，而且两支箭落地时竟没有尘埃扬起，是一次势均力敌的绝技较量。

师徒两人均为对方的绝技而感动，相拥而泣。“弓箭名人有我二人足矣，我们不会再传授给任何人！”两人当下发誓。

就这样，他们的弓箭神技从此绝迹于后世。说得牵强一些，两人都是靠这绝技吃饭的，一个人独占可达到利益最大化，所以才想到杀死对方。而得知无法置对手于死地之后，两人便决定联手，以求共存。当一项技术扩散出去，如果连自己的饭碗也要丢掉，那么将这门技术变成一门绝技不再传授给后人，这类事情不是很多吗？我想，这种紧盯虱子的修炼方法也许可以挖掘出某些棒球选手被忽视的绝技呢……

闲话扯得太长了。不过，假设这类故事发生在日本，那夸张绝不是用虱子，一定会用一个美丽的东西，连同一个日本式的“包袱”结尾一同编写的。

1977 年 1 月《展望》

辉夜姬[1]——古老传说的另类解读

在日本，正如《源氏物语》被赞誉为“故事起源之祖”一样，辉夜姬的故事也相当有趣。其故事结构令人意外而且复杂。例如，既有内幕、密告等故事要素，也包含了不少十分幽默的要素。然而即便如此，在我看来，仍有一种难以言表的欠缺之感。

究竟少了什么呢？

是的，辉夜姬最终也没能感受恋爱。

这样说，肯定有人要极力反驳了。

君不见，辉夜姬在即将返回天宫之前，为皇帝留下了一

1　日本古老的传说之一《竹取物语》的主人公。辉夜姬，来自月亮、诞生于竹子的美貌仙女。中文译法有多种，如赫夜姬、光华公主等。2007年作为日本发射月球探测器的爱称。此文参照目前使用较多的译法。——译者注

首短歌吗？大意为：

> 无奈更换天宫羽衣的时辰将至，但此刻深深的思念皆为主君。

传说中，皇帝因听说辉夜姬的美貌，曾欲下诏书，但辉夜姬却说若让她进宫，宁可一死，没有答应。皇帝没有办法，只好假借狩猎到竹取老翁的家中探访，好不容易看到了辉夜姬的身影。据说，那以后彼此便开始情书往来，但再也不曾谋面。于是，在返回天宫之时，便有了辉夜姬这首爱慕皇帝的短歌。看来，要说辉夜姬没有恋爱或许是有些不妥了。

那好吧，换一种说法：仅有这样的恋爱还是让人觉得缺了点儿什么。

说到这里倒让我想起一个中国的古老传说，天帝的女儿织女和牵牛的故事。

牵牛自然是放牛的青年，也称作牛郎。他的故事与灰姑娘受继母和姐姐虐待的故事相似，被嫂子欺虐，分家时只得到一头步履蹒跚的老牛。

很久很久以前，银河乃是上天与人世的分界线。牛郎听从了老牛的教诲，到银河岸边拿走了正在银河沐浴的织女的衣服，这使得他们有缘相见，随后便与她成婚。

仙女与凡人恋爱、结婚，而且还生有一男一女两个孩子。

传说中，有的说织女是天帝的女儿，也有的说织女是其孙女。其母是王母娘娘，一位传说中可怕的天神。总之，织女是天界出身，并和人间一位身份卑微的男子结了婚。为此天帝和王母震怒，把织女抓回了天界。

牛郎和他们的孩子追赶着要与织女相见，但王母却将银河划入了天界，从此银河便挂在了天上。牛郎与孩子们原本沿着银河便可到达天界，没想到银河已高高挂在了天上，无法与织女相见，只能望河哀叹。这时那头衰老的牛说话了——我马上就要死了，死后把我的皮剥下，裹在你们身上便可升天而去。

牛郎用扁担挑起两个孩子，裹着牛皮升到天界。然而，王母却将一根簪子插入已经挂在天上的银河中，这银河随即变得深不可测。而牛郎和孩子们一起拼命地舀水，希望河水能浅一些可以过去。被这执着的爱情感动，天帝和王母允许织女和牛郎每年一次在七夕的晚上相见。故事的情节有很多种，但织女是天上的仙女，牛郎是人间的凡人则基本大体相同。那么用这个故事和辉夜姬的故事作个比较吧。

迎接辉夜姬返回月亮的差人对竹取老翁说：辉夜姬由于犯了一点儿罪，所以才暂时寄身于你这卑贱的地方。

虽说让辉夜姬下凡是因为有罪，但遭天界流放的罪名究竟是什么，《竹取物语》则沉默不语。是怠慢之罪，还是杀了人？是抢劫，还是偷情？读者不得而知。既然犯有罪过，言外之意是个不祥的征兆。然而这是个神话故事，自然要编得美丽些，于是就要回避所谓的不祥。

故事告诉人们，这是一个纯净的故事。不错，这是个刻意纯净化的故事，人们可以理解。

同时也能感觉出，在这个故事里，结婚、生子这类事情似乎是有碍于纯净的行为。于是这种基于将人类本性之行为视为不祥不净的清净思想便导致辉夜姬故事的所谓欠缺也就不难理解了。

在天仙织女这里，她和人间的放牛郎结合成婚，而且牛郎还是一位备受兄嫂欺虐、忍气吞声的青年。在当时，放牛这一职业无疑是很卑微的，也就是社会最底层的普通百姓而已。

作为织女的对象，一个牛郎的故事情节不可思议的鲜活。伴随着银河洗澡的场面，七夕传说带有浓郁的人间气息。

辉夜姬没能恋爱，或者就算有一点儿唯一恋爱的痕迹，其对象却是天子。在这里，故事情节的设定除了“事大主义”[1]等，显而易见从一开始就没打算涉及那些“不纯净”之事，因为对象是天子，是高贵之人。

《徒然草》在开篇就有如下描述：“皇门御位聪明极致，甚至连竹园的枝梢末节，也绝非人间所能及之高贵……”可见，天子绝非人间凡夫。

即便有一丝恋爱的痕迹，但全无人间烟火的气息，这便是辉夜姬故事的特点。然而，就缺乏生活的、人间的气息，或过于淡漠这一点而言，又恰恰是辉夜姬故事的华美之处。

也许在美丽天仙的故事中，倘若蜂拥般闯入一群粗鲁的人间凡夫俗子岂非太过无趣。

前面虽提及清净思想，但这清净思想与佛教的关系似乎很是稀疏，倒不如说更贴近“禊”[2]的仪式。也有学说（武田祐吉）将《竹取物语》与道教相联系，认为是同一类的神仙故事。如此说来，回避情欲的确是道教追求长生不老的最佳方法。那么，回避人间烟火带来的结果也是可以视为清净的。

但是依我看，辉夜姬故事散发的气息应该是日本固有的。

1 日语“事大主义”取自《孟子·梁下》中“惟智者为能以小事大”，指跟随、侍奉实力强大一方之意。——译者注

2 禊，古代春秋两季在水边举行的一种祭礼。——译者注

与渔夫交涉的那段“羽衣”情节比起《竹取物语》，似乎那异国情调要来得更加浓烈。

说辉夜姬故事中人间烟火的气息过于稀薄，绝无轻蔑之意。很多时候，也正是因为抛开了人间气息，才得以雕琢出人类深藏的本性。

我以为，这个故事所雕琢出的正是男人的悲哀和滑稽。

这种感觉的浮现多少有些抽象。因为，正是辉夜姬本身是个没有人间气息的透明体，故事中的男人们才得以鲜活地显现。

最为可怜的当属竹取老翁。二十年间含辛茹苦养育的辉夜姬，当明月侍者来到之后，“那么，再见了。”仅此一句告别的话，这竹取老翁不是太可怜了吗？尽管辉夜姬对离别很是伤感，但当她穿上羽衣之后马上心境异变，忘记了所有。这对男人而言简直是难以忍受的。

面对辉夜姬提出的无理要求，那些绞尽脑汁想办法的男人则更是悲哀至极：

> 嘴上说到天竺要获取佛的石钵，实际上拿来的却是在大和的国十市郡的山庙捡到的一个黑石钵，这是当作弊行为被揭穿时男人的可怜；去蓬莱岛折取玉枝，在众人目送驾船出海后遭遇了海难，两日后竟自己划着船回

来了，无奈中找了六个工匠偷偷制作了一个玉枝，却因没有支付工钱，被众工匠追讨，这是当谎话被戳穿时男人的羞臊；向中国商人订购了火鼠裘皮，结果被骗个正着，这是男人的愚蠢；去拿龙首上的珍珠，结果惹得龙颜大怒，遭遇海难等种种不堪，这是男人的滑稽可笑；爬到屋顶取燕子的子安贝[1]，结果从燕巢坠落，没拿到子安贝却抓了一把燕子的粪便不说，一病不起就一命呜呼了，这是男人的悲惨。

无论理由和原委怎样，被女人摆弄来摆弄去，最终遭抛弃的那些男人的身影清晰可见。

将“辉夜姬”置换为“理想”一词似乎也是可以的。为了追求，向左走向右走，到头来还是没有抓住理想，男人们无一例外地遭遇着挫折，这当真是男人的命运。

辉夜姬留下了一壶长生不老药和一封信就这样走了，回到月亮上去了。

“再也无法见到辉夜姬了，喝了这长生不老药又有何用。”天子这样说着，打发下人找一处距离天最近的山峰烧掉这壶长生不老药和那封信。这情节不也是男人的滑稽吗？

---

1 《竹取物语》故事中，辉夜姬提出的求婚人需寻找的一种宝贝。——译者注

既然要销毁那药，随便找个地方扔掉就可以了，但信誓旦旦的理由却是为了归还辉夜姬。为此，千辛万苦非要拿到全国最高山峰去烧掉，真是受累不浅呀。

那座山因烧掉长生不老药，故而取名为富士山[1]，那时的富士山仍在喷火。辉夜姬，掩去了“气息”，却描绘了典型的男人。对了，还留下富士山顶那股焦煳的味道。

1974 年 6 月《文春豪华版》

1 日语“富士”和“不死”的发音很相似。——译者注

小说的祖型《今昔物语》

日本近代的读者提及《今昔物语》，一定会首先联想到芥川龙之介，恐怕即便是现在也是如此吧。第二次世界大战前，当我们还上中学时，不过分地说，语文课本中一定收录着芥川那篇《鼻子》。语文老师也一定都会这样解释：这是《今昔物语》里面《池尾禅珍内供鼻》一文的"换骨夺胎"[1]。因此，学生们记住"换骨夺胎"一词多半也是在那个时候。

第二次世界大战后，那部被搬上银幕的、不仅在日本也在世界范围内风靡一时的《罗生门》也不例外，片中的解说一定会标明原作取自《今昔物语》的故事。这样一来，不是专攻国学的一般读者无论如何也无法将《今昔物语》与芥川龙之介分割开来。

1 日语"换骨夺胎"的词义为改编、翻版。——译者注

《鼻子》之所以有名，当然因为是芥川龙之介的成名作。广为人知的更有夏目漱石对其的赞赏之词：“取材新颖，令人眼前为之一亮，文章得要领且工整，甚是敬服。”《鼻子》是一篇发表在第四期《新思潮》杂志创刊号上的作品，那时的芥川龙之介还只是一名即将毕业的大学生。出名作品、创刊号、大学生这类辞藻很容易让人联想到这是芥川龙之介的处女作。然而，芥川龙之介的小说处女作是早在两年前发表的《老人》。

好像也有人认为芥川龙之介的《鼻子》是他第一部取材于《今昔物语》的作品，实际上并非如此。其实，在早于《鼻子》两年发表的《老人》之后，在第三期《新思潮》发表的《青年与死亡》这部戏剧作品才是第一部取材于《今昔物语》的作品。后因芥川本人对该作品不满，没有收录到他的作品集，此事似乎很少为人所知。

芥川的《青年与死亡》的原题材来自《今昔物语》卷四的第二十四话“龙树俗家时代，制作隐形药的故事”。故事讲述了龙树菩萨出家的原委。《今昔物语》中是这样描写的：龙树邀请朋友一起研制隐身药，后来成为透明人一起潜入皇宫，接连不断地非礼了数名后妃。为了抓住这些可恶的犯人，宫中到处撒了粉末，最后依照足迹一举杀死了两名犯人。国王就此认为犯人只有两名，因而下令停止了追杀。而实际上，龙树一伙共三人，只有龙树一人逃脱。事发之后，龙树便出家为僧。

芥川《青年与死亡》里的主人公只有A、B两个人。A的人生观是“不预期死亡的享受是最无意义的”，而B是个纯粹的享乐主义者。这二人身披隐形斗篷潜入后宫，但守卫后宫的士兵却沿着足迹追杀二人，B被杀死，A得以逃生。

《今昔物语》中有很多故事，这个龙树的隐形药是我喜欢的故事之一。假如要我挑选十佳故事的话，这个故事一定会入选。

隐形药的故事相当有趣。《今昔物语》中甚至描述了简易制作隐形药的方法。将“槲寄生”切五寸长，经百日阴干。戴上这植物的根须，就如同穿上隐身蓑衣一般。据说，这个方法来自中国唐代释道世编写的《法苑珠林》。龙树先是从术士那里得到这药，并分析出里面有十七种成分，术士为此感叹不已，之后便将制作方法传授给龙树。

想拥有隐身蓑衣的愿望，大概人人都有。只要能隐去身体，岂不是想做什么就做什么。一般人要想潜入后宫，对皇后或贵妃非礼，恐怕即便你有翻天覆地的本事也很难做到。然而，能够隐身的话，一切就变得可能了。自古以来，编故事的作家们正是借此撩拨起藏匿于人们内心深处的这一愿望，娓娓道来，编写了一个又一个故事。这大概也是畅销书的一个秘诀吧。最能说明的例子便是 H.G. 威尔斯[1]的小说《隐形人》。改编为《透明人》的这部电影我少年时代不知看过多少遍。因大受欢迎，不断有续集上映。

江户川乱步曾说过，我自己有着很强烈的隐身蓑衣的愿望。是的，自己消失了，对方自然看不到，也就是说这是一种偷窥心理。乱步的《阁楼的散步人》，天棚成为了隐身蓑衣；还有《人间椅子》，椅子成为了隐身蓑衣。

侦探推理小说的分类中有这类隐身蓑衣体裁的作品。不仅仅有忽然人间蒸发的《隐身人》，乱步的阁楼和椅子也包括其中。另外，乔装改扮也是隐身蓑衣的一种，人未消失，但没有人知道原来的他。用乱步的话说，黑岩泪香就属于隐身蓑衣愿望极强的人。泪香的代表作（也是改编作品，但乱步选择了这本书）《啊，无情》中，有前科的木工厂厂主乔装改扮了；在《岩窟王》中，肯定已经死去的越狱者成为了王者；《白发鬼》中，在墓地复活的人变成了另一个人，并

1 Herbert George Wells（1866—1946），英国作家，被称为科幻小说的鼻祖。代表作有《隐形人》《宇宙大战》，晚年作为文明批评家著有《世界文化史概要》。——译者注

和自己的妻子再婚。乱步的《石榴》也可归于这类作品吧。当然，肯定还能让我们想起谷崎润一郎的《友田和松永的故事》。

喜好戴墨镜的，不仅仅是为了保护眼睛吧，换句话说，也是来自某种隐身蓑衣的愿望。美国罗斯福总统因患小儿麻痹，是个只能依靠轮椅行走的人。不仅报刊杂志的照片让全世界都知道了他的模样，还因身体不便，使得他很难随意就戴上一副墨镜去享受隐身蓑衣的乐趣。或许正是这个原因，那份隐身蓑衣的愿望才更加强烈。1935 年发表的由安东尼·阿波特等执笔、罗斯福本人筹划的侦探推理小说[1]中，讲述了一位很有名望的百万富翁将自己完全乔装改扮成另一个人，以求脱胎换骨过一种新生活的故事。这是 1935 年的作品，那时的常用套路是利用整形外科手术改头换面，但故事中用隐形眼镜来改变瞳孔大小和尺寸的手法，在当时来说绝对是一个奇思妙想。

至于我，被归于这类系列的作品也写过不少。说起来很不好意思，我的处女作也属于这类手法的小说。

可以说，《今昔物语》中隐身蓑衣的故事应该算作众多此类系列小说的祖型吧。再进一步说，故事的解决方式——

1　美国出版的《大总统侦探小说》。——译者注

撒粉末，找出隐身人足迹的想法也可以说是后来侦探推理小说中常见的诸多手法的鼻祖。注意到只有案发现场才有的泥土粘在犯人的鞋底，从而一举破案也是《今昔物语》中“撒粉末”的一种变形。在神户，为了根治松林虫，在规定的日子和规定的时间，会用直升飞机喷洒杀虫剂。某罪犯在山里杀了人，却巧妙地编造了不在场证据，但最后因警方鉴定出其上衣带有肉眼看不到的杀虫剂粉末从而一举破案的故事是我多年前写的。在小说创作之时，我曾想起《今昔物语》，心中默默地说了一句“不好意思，拜借一下”。

芥川龙之介对《今昔物语》进行了“换骨夺胎”，其实除了这些显而易见的作品之外，也许还有不少从《今昔物语》中得到灵感的作品。也许不是灵感，而是在阅读《今昔物语》时，与此毫无关联地猛然想到了什么，从而由此构思成为作品的灵魂。假如是这样的话，那么《今昔物语》对芥川龙之介而言就是取之不尽的宝库。

为什么要如此推论呢，对我而言，常常会在翻阅《太平广记》之时脑海中浮现出与该书故事毫无直接关联的情景，而这情景成为我作品的灵魂也不在少数。

《太平广记》是一部网罗散落在中国民间的各类野史、小说、传说的书籍，诞生于宋太宗在位的太平盛世年间，也就是十世纪后期。那个时代，似乎有一种尽其所能去网罗的精神倾向。一本名叫《太平御览》的大百科事典也是同一时期编写的，平清盛[1]将其引进日本也曾是一段佳话。

《今昔物语》的作者究竟是不是传说中的源隆国，《新潮日本古典集成》中的解说也承认另有异说。但是，《今昔物语》诞生于平安末期，也就是十一世纪末到十二世纪几乎是不容置疑的。将人们讲述的故事点滴无遗地收集起来，编者当时一定这样想过。网罗，这一精神倾向在当时的日本也一定存在。或许编者在创作《今昔物语》时就已经知道了《太平广记》，这并非不可能。就算编者没有见过《太平广记》，但大概也知晓中国早有这类书籍吧。那么，如前面提到的隐身药的出典，即唐代《法苑珠林》中的很多故事后来被收录在《太平广记》一事，就更无需多言了。

话是这么说，但如果想网罗一下明治时期以后的，或就算是昭和时期以后的小说故事，肯定是一件不得了的事。恐怕“昭和今昔物语”一定要经过严格筛选了。

1978 年 1 月《波》

1　平清盛（1118—1181），平安末期的武将，为构筑平氏家族的全盛期立下汗马功劳。其生前暴虐、残酷、无情。——译者注

神韵的共鸣

诗歌，不能没有打动心扉的诗句。

它是富有生命的，撞击你、震撼你心灵的东西。或许它是强劲有力的，或许它只是微弱敲打的，但如果无法投递到人的心灵，都将失去意义。

我一直这样固执地坚信着。

哪怕是世人赞誉的名歌绝唱，在我心中无法激荡的诗篇，终将与我无缘。或许无法传递皆因我尚未成熟，但无法激荡仍是不争的事实。所以，我从不妄言那是拙劣的诗篇，只是放弃与我无缘的作品。

> 期盼明月有，山高岭深云散尽，心感激，恰似深秋初时雨。
>
> ——新古今和歌集 西行法师

等待明月高挂的那份虔诚之心，活生生的撞击而来，我的心被震撼。作者在日落之前就开始担心高山之上的云朵是否会遮拦明月的心情，一定让他无数次抬头仰望天空。云朵终于散尽。就连深秋的初时雨也读懂了他心中的感激。即便没有道出“心感激”，作者对明月那份震撼心灵的渴望已经传来，这难道不是共鸣吗？

雾上玻璃窗，寂寥抚去看窗外，旅途心，皑皑白雪可相逢。

——吉井勇

一颗漂泊的心会怎样映在那雪景之中——作者很是不安。强忍住那份忐忑不安的心绪，擦拭着玻璃窗上的雾气。

一种极富生命的震撼在这首诗中疯狂般的挣扎着，它强烈得几乎让“寂寥”这一词到了画蛇添足的程度。

即便是短歌，像这样语言淡雅的作品，我喜欢，因为那急迫之中带有温情。

尤其是冬季的诗歌，也因此而备感温暖。

1971 年 12 月《朝日新闻》

绝句拾遗

日本观风

有史以来的日本一直从中国汲取着先进文明。就古时的日本和中国而言，“交流”一词应该说并非正确。因为日本在拼命地学习着、研究着中国的文明，而中国对日本并没有想象中的那种关注，这只是一种单相思式的关系。即便在倭寇猖獗时期以及丰臣秀吉出兵朝鲜之际，中国迫于需要投入了一定的关注和研究，但仍只是一时的例外。

明治维新之后，日本的现代化令人瞩目，中国人对日本的关注从那时开始高涨。这种关注甚至可以用“奔流”来形容。一时间，在日本学习的中国留学生竟多达数万名，神田[1]的学

1　神田位于东京都内。神保町附近也被称作“江户之城”“学生街”“图书城”。因这里汇聚了众多学府、出版社、书店等，自江户、明治时期开始成为年轻人喜欢光顾之地。每年秋季还会在此定期举行“书节”。——译者注

生街里甚至出现了小型的华人一条街，足见其势头迅猛。但是，中国人对日本奔流般的关注，仅聚焦于“现代化”，研究对象也仅限于政治、经济、产业、科学、技术、军事等方面，对日本文化的精神层面给予关注的人却少之又少，尽管通常上述这类探寻理应率先关注实现这一现代化的原动力。

明治初期，从明治十年（1871）开始任期五年、出任大清国驻日公使馆参赞的黄遵宪，也许身为文人的缘故，是对日本精神文化层面寄予极大关注的、为数不多的人之一。他撰写的《日本杂事诗》二百余首中，有一首以日本汉诗为题的诗作：

观风若采扶桑集，
压卷先编侍宴诗。
读尽凌云兼丽藻，
终推帝子独工辞。

“风光”一词的“风”指人情、风俗、习惯等，“光”则说的是景色。看景物称为“观光”，而观察人或社会则称作“观风”。

自古所言观风，当以该地方赋诗吟歌做得如何为第一考察对象。古代的帝王都会指使重臣收集民谣一类的东西，试图理解民众之“风”。那么，近代的外交官考察其所在国之“风”也许是其任务之一吧。黄遵宪既是外交官，同时也是文人，大概也想对日本进行一番“观风”。当他翻阅《扶桑集》之后，认为卷头大友皇太子所作“侍宴诗”确实堪称压卷之作。翻阅日本的汉诗集《凌云集》和《本朝丽藻》之后，觉得帝子（皇太子）的用词最为巧妙。

其实，大友皇太子的侍宴诗为《怀风藻》的卷首，并非《扶桑集》。说起来，《扶桑集》十二卷中，卷七和卷九这两集均不完整，卷首刊登的是哪首诗至今仍是个谜，所以应该说那是黄遵宪的错觉。

黄遵宪在其诗作的自注中列举了近代日本优秀的汉诗诗人。当中有新井白石、梁田蜕岩、祇园南海、秋山玉山、菅波茶山、赖杏坪、赖山阳、梁川星岩共八人。对我来说，没有出现太宰春台的名字当属不满之处。当然，黄遵宪列举的均为汉学人士。对日本人的汉学水平，他的评价是“南驾越裳北高丽”，意为南有越裳（越南）北有高丽（朝鲜），均可凌驾之上。这在当时的汉学周边地区内算是给足了高分。另外，下面这首五言绝句便是被他称作压卷的那首“侍宴诗”：

皇明光日月，
帝德载天地。

三才并泰昌，

万国表臣义。

悲歌的手法

在一个王朝的初期，遭灭亡的前王朝的遗臣或遗民都会留下悲凉的诗歌。但是，随着岁月的流逝，霸者交替的时期又慢慢临近。不用说，在一个王朝的末期也会产生哀叹时局衰落的诗歌。

清朝的衰落一举显露无疑的契机始于鸦片战争。然而，当时一般士大夫阶级的众多人士对于大清帝国败给西方的夷狄仍无法相信。因此，虽有不少哀叹鸦片战争败北的诗作，但当时的政府高官以及所谓一品文人却意外地极少有这方面的作品。大概高官及一品文人对为战败题诗尚无法适应吧。战败诗多为匿名，即便写出姓名的诗作也似乎以无名人士居多。大概是因为我粗览过阿英[1]编著的《鸦片战争文学集》目录的缘故吧，不过是个人的一点感触罢了。

---

1 阿英（1900—1977），作家、文学理论家。安徽芜湖人。原名钱杏村、钱德赋。笔名钱谦吾、张若英、阮无名等。曾参与组织太阳社。1930 年参加左联。一生著述丰富，涉及文学、文艺理论、文艺批评等多方面，又重视俗文学及曲艺资料的搜集、整理和研究工作。——译者注

项兆麟这个人物的经历我不清楚。但他留有《红杏山房诗存》的诗集，应该说并非完全无名之士吧，不过正史中并无此人的记载。他有几首题为《庚申八月读史有感》的诗作。庚申即1860年，从鸦片战争算起已过去近二十年了。因此，诗作并非写于战争时期，而是读史之后的有感而发。

粤马东驰万里余，
吴山越水半城墟。
千官侍立金华殿，
犹望江南奏捷书。

粤，即广东。从广东骑马向东飞驰万里。鸦片战争在广东爆发，但其主战场却在长江下游的江苏（吴）、浙江（越）。遭受英国军队的攻击，吴山越水——“吴和越的天地”的半壁已变成废墟。然而，在北京的紫禁城却有众多朝廷大臣侍立在金华殿，苦苦期盼着江南的捷报，奇怪为何迟迟不到。

败给夷狄之事，让远离战场、身居首都的大官们仍是半信半疑。所谓金华殿，原是汉朝未央宫内的一处宫殿，清朝时期并无此名的宫殿。这里，作者将战败吟咏为汉代的事。相同系列的诗句中还有：万里江山兵未战，汉家天子和戎诏。这里依旧是用“汉”来表示。在白居易的《长恨歌》中，分明是唐玄宗的事，却要写成“汉皇重色思倾国”，这里“汉皇”与“汉家”使用的是同样手法。乍一看，白居易身为唐朝之人，一定是为了回避因指名道姓说唐朝皇帝好色而招来非议才这样写的。岂不知，白居易的批评实际上要比指名道姓来得更加严厉。其严厉之处在于，读者已然分明感觉到，还需要指名道姓吗，这已足够让人羞愧难当了。

清代的项兆麟同样用阅读两千年前汉朝战败的形式来表现对鸦片战争失败的悲愤。对现代而言，这的确是无法忍受的事件。作者面对读者，以诗的手法，明确无误地传递出那无法承受的国耻。在鸦片战争的悲歌中，用此手法的作品很多。

墨葡萄

中央公论社找我给《文人书粹编》中的徐渭、董其昌写个传记点评，这已经是五年前的事了。近来催促得越来越急，大概按书中人物顺序该轮到我了吧。我在这五年间虽然尚未动笔，但受人之托的事情始终徘徊在头脑的某个角落，因而这两个人早已是我十分熟悉的画家。比较二人，我不得不更倾向于徐渭。董其昌身为政府高官，可以说一生荣光环绕。相比之下，徐渭则是不断遭受不幸的人物。

徐渭出生后百日丧父，爱妻于年轻时去世。据说，十四岁成为他妻子的女性，生一子后，十九岁那年离世。徐渭本人虽被赞为神童，但科举考试屡试屡败，虽坚持二十余载赴考，却从未功成名就。十五年的鳏夫生活之后再婚，却因一时的精神失控，加上猜疑忌妒，竟殴打后妻致死。四十五岁到五十二岁的七年间过着牢狱生活。出狱后，直到七十三岁辞世，一直过着放浪、贫穷的生活，以卖字画度日维生。传说，因没有被褥，以麦秸裹体而寝的事也是有的。

和大多数天才艺术家一样，徐渭的作品被人们誉为绝世佳作也是在他死后。

北京故宫博物院有一幅墨笔的葡萄画。那奔放、脱俗之笔，勾画出令人遐想不已的挂在风摇雨打中的野生葡萄。画的左上部有一首徐渭的题画诗：

半生落魄已成翁，
独立书斋啸晚风。
笔底明珠无处卖，
闲抛闲掷野藤中。

荒野之中，静悄悄结出的硕大葡萄果实竟无人可遇。——徐渭哀叹自己的才能无人知晓。但他十分清楚自己才高多少，也一定预见到在他离开世间之后，人们才会给他很高的评价。然而于现世，他笔下的珍珠与这荒野葡萄一样，仍是无人眷顾。

包括狱中生活在内，怀才不遇的人生如此漫长。还没有走到沐浴阳光之处，不知何时竟已衰老年迈。独自一人在书斋狂啸，但这狂啸却不是迎着清爽的晨风，倒好似迎着垂暮黄昏那悲凉的风。

画中字的行列歪曲了，是“翁”字的地方突然让行列变得扭曲。让人仿佛看到，一位晚年怀才不遇的艺术家，仍在那字里行间与年迈抗争着。

徐渭作为书法家同样是一流的。据说，他对自己的书法比绘画更有自信。中国文人的理想境界是达到“三绝”，即书、画、诗均要出色。三者浑然一体方可称艺术的极致。从这个意义上说，徐渭的这幅墨葡萄画轴可称作“三绝”的范本了。不过，与他的书、画相比，诗作略逊一筹则好像是通常对他的评价。

浙江潮

有一种人认为，诗歌是闲暇之人的闲暇之事。比如，在生死关头、国家存亡之际，若有闲暇时间，则应该为改变现状做些努力，哪怕是一点点也好。然而，也有一种人认为，越是生死关头、国家存亡之时，越是容易迷失心头的淡定，将心绪倾注于诗歌片刻，反倒会打开新的希望之门。正所谓，既有连生存下去都觉得十分艰难，哪来的闲心面对诗歌之人，也有越是遭遇苦难才越需要仰仗诗歌跨越困境之人。

明末清初的文人们亲身遭遇了国家灭亡之悲运。围绕着对诗歌的褒贬，上述两种类型比以往任何时代都来得更加鲜明。流亡日本的朱舜水是一位曾受德川光圀[1]先生知遇之恩、撰写过湊川楠公碑的碑文的著名文人，但他却是诗歌否定论者。

> 今诗不比古诗，无根之华藻，无益乎民风世教，而学者汲汲为之，不过取名干誉而已。

相当严厉之词。自然，重文轻诗的朱舜水很少有诗作。虽然贬“诗”为“无根之华藻”，但如果认真领会的话，这并非对诗的全面否定，因为那“贬低”的理由是对失去古诗之精神的否定而已。在他为数不多的诗作中，被人们确定为

1　据说，“圀”为唐代武则天因忌讳繁体“國”字里的“或”而自创的字。字意同“国”。德川光圀（1628—1700），为御三家水户藩第二代藩主。幼名长丸，后称千代松、光国，五十多岁后更名为“光圀”。因十八岁时读《史记》的《伯夷传》感动不已，立志钻研学问。对日本文化遗产的发掘和保护做出了巨大贡献，也是日本热播的电视剧《水户黄门》等的原型。——译者注

其真作的只有《泊舟稿》十五首，其末尾有题为“钱塘”的一首五绝：

天际银幡立，
鸱夷怒未消。
定知千载上，
江水不生潮。

朱舜水生于浙江余姚。钱塘江奔流直入杭州湾，那么钱塘也算是他的故乡了。杭州湾的大潮与钱塘江水发生冲撞时，可产生巨大的潮汐，特别是中秋（阴历八月十五）三天后的潮汐最为有名，人们会从很远的地方赶来“观潮”。

银幡，形容高高掀起直冲天际的大浪。在观潮的诗作中，当属晚于朱舜水约一百五十年出生的黄仲则（1749—1783）的诗作最为有名，他在诗中有“银山动地来”[1]的形容。

浙江是春秋时期的越国。越国名臣范蠡曾协助越王勾践灭了吴国，之后更名鸱夷投奔到齐国。鸱夷，指的是用马皮做的酒囊。与范蠡堪称绝佳对手的吴王夫差的谋臣伍子胥因被君王猜疑，后来被鸱夷裹身投入江中而死。范蠡之所以改

1　黄仲则的《观潮行》有“才见银山动地来，已将赤岸浮天外”之句。——译者注

名鸱夷，大概还有一层含义，像伍子胥那样的名臣因包裹鸱夷而死，倘若自己难逃一死的话，岂非皆因才能所致。

朱舜水这里的“鸱夷怒”，应该既包括伍子胥的国将被亡之愤，也包括不得不逃亡他国的范蠡之怒吧。

钱塘江大潮也称“浙江潮”，具有倾覆天地的雄壮之势。那气势能否挽救明朝的亡国？然而那气势，必须要有海水与江水恰如其分的呼应且是激烈交汇的碰撞才会产生的。或许，曾参加郑成功北伐讨清的朱舜水一定感悟到复兴明朝大业中夹杂着某些并不协调的杂乱之音。

寒山寺的钟

姑苏（苏州）城外的寒山寺，因唐诗选中《枫桥夜泊》这首诗，在日本广为熟知。传说唐代元和年间，寒山在该地建造了草堂，故该寺得此名。现实中是否有过寒山这个人物，众说纷纭。但是，“寒山与拾得”这幅画给我们留下的印象实在是太强烈了。从画中得知，这两个人既非僧侣模样，也非一般凡人模样。传说二人于天台山国清寺吃众僧的剩饭，频频发出怪叫、骂声，追逐中拍手大笑，奇行颇多。此二人加上名叫丰干的人也被称为“三隐”。

据《景德传灯录》记载，闾丘胤前往丹阳赴任之时，丰干告诉他，天台山国清寺的寒山与拾得，一个是文殊菩萨的化身，另一个是普贤菩萨的化身。闾丘胤就职后拜访二人时就此询问过，寒山笑言道：

丰干饶舌。

而丰干据说是阿弥陀佛的化身。佛菩萨可使用神通之力变成人，这在佛教中叫作“化人”。“三隐”均为化人。

话说回来，正如张继的诗句“夜半钟声到客船”所言，苏州寒山寺有一口著名的大钟。这口名钟据说在明治时期被运到日本去了。究竟是谁拿走的不得而知。传说是第一次大隈内阁的时候，那么应该是明治三十一年（1898）的事。为此事，日本遭到中国的一片斥责。于是，日本铸造了一口五百多斤的大钟赠与寒山寺，钟的铭文由伊藤博文撰写：

姑苏寒山寺，历劫年久，唐时钟声空于张继诗中传矣。尝闻寺钟传入我邦，今失所在。山田寒山搜索甚力，而还不得焉。乃将新制一钟，赍往悬之。

时间是明治三十七年（1904）。

变法派康有为曾流亡日本，于辛亥革命爆发后回到祖国，日本大正九年（1920）曾游寒山寺并赋诗一首：

钟声已渡海云东，
冷尽寒山古寺枫。
莫使丰干又饶舌，
化人再往不空空。

寒山寺那令人怀念的钟声，早已远渡云海之东的日本。而那里是他度过流亡生活的地方。已然听不见钟声的寒山寺，岂不是太过悲凉，就连那古寺和桥旁的枫树也不例外。

不会让丰干再多嘴了——指前面提及过的丰干及化人。其实，康有为本人对佛教也是十分通晓的。他的代表作《大同书》正因带有浓郁的佛教色彩的乌托邦思想而广为人知。“色即是空，空即是色”是佛教的根本思想。“色”意为物质，物质的本性则是非实体之物。寒山寺的钟是物质，当然也不例外。对习佛教之人来说，也许不应该拘泥那钟是否消失，或去了哪里。然而，康有为对钟被日本拿去一事表现出的“拘泥”却十分强烈。或许恰恰因为那钟被拿去的地方是他生活过的地方，这拘泥才会如此强烈吧。菩萨的化身在往复之时称为“不空空”。真想牢牢抓住那实体之物带回家去。

那寒山寺的钟究竟在日本的什么地方呢？或许于战争中已被强制充公，化作真正的“空”了也说不定呢。

泰山不算高

依照韵律、遵循一定平仄规则创作的所谓旧体诗词，如果没有积累相当的修炼是作不出的。毛泽东就有很多旧体诗词，但据他讲“不鼓励年轻人写旧体诗词”。新体诗，也称作中国的白话诗，是一种不拘泥平仄押韵、依内心所想、用近乎会话的表现来创作诗的新形式。说是新形式，其实从1919年的五四运动算起，已经将近六十年了。就是说，新文学运动已经迎来了它的花甲之年。

旧体诗词的确有很多规矩和约束。在它底蕴丰厚的架构中，诗的内容常常被藏匿得很深。在诸多习作诗中，确实总会给人一种拼凑他人诗句的感觉，而作者的个性全然不见。不过，当你慢慢习惯之后，对烦琐的规矩也会变得运用自如。这些规矩或形式反倒能诱发出你创作诗歌的欲望。随之，性格及心境都会通过诗句清晰而鲜明地显现出来。

曾是红军总司令的朱德将军为新中国的诞生立下了汗马功劳，他为人朴实、豪爽，是一位非常乐观的人。据说，他以前也曾在四川做过军阀，吸过鸦片，也曾热衷于打麻将，过着颓废的日子。然而，人到中年后，他立志发奋，前往德国留学。在那里他接触到马克思主义，并与其他年轻的留学生一起投身革命。

朱德将军有一首五言绝句。1960年6月28日朱德将军乘飞机北上，飞越了泰山之巅，这首诗大概是那时的信手之作吧。

泰山不算高，
一千五百八。
飞过二千一，
它把头低下。

名字虽叫泰山，实际上并不高嘛，不过一千五百八十米而已。从它上面两千一百米的高度都飞过去了。往下看，这山好像在匆忙点头行礼。

泰山是山东省境内的名山，在最近出版的中国分省地图中标注它高一千五百二十四米。诗句和实际高度有差距，但都在一千五百米以上，相差数十米又有何妨。诗句中在泰山两千一百米的高空飞过，那么飞机的高度该是三千六百八十米了吧。曾经有的中国飞机舱内会有高度仪表，一定是朱德将军当时看到了这个数字。这里虽然罗列了一堆数字，但仍让我们感觉到了朱德将军的幽默。

泰山，在过去是皇帝举行封禅仪式的场所。而封禅仪式并非所有皇帝都可以举行的，一般只限于统一天下的皇帝。

历史上，有过大臣建言封禅，但皇帝认为自己没有资格封禅的记载。最高级别祭天的圣山为泰山。而且，泰山之神是负责掌管人间生命、富贵、官运之神。

在朱德将军的眼里，泰山象征着旧时代的习俗、迷信等。从下面看，甚是威严耸立的泰山，眼下怎么如此渺小，好像正朝着上面飞越而过的小飞机行礼。

一位亲手创建新时代的人物，将那满腔自信和幽默交织在一起，烘托出别样的淳朴诗情。

泪点多

最近，我有机会去了中国江西省的南昌市。南昌郊外名曰“青云谱”的道院（道教的道场），据说是文人兼画家的八大山人居住了二十五年的地方。这青云谱遗址现成为“八大山人纪念馆”，展示他的书画及相关资料。然而，“文革”以来这里就一直关闭着。到南昌一问才知，已经不对外开放了，除非有特殊要求，否则不能参观。于是，我提出了特殊要求。

实际上，“八大山人纪念馆”已经做好了重新开放的准备。用主任吴先生的话说，目标是年内重新开放，所以当这篇随笔刊登出来之时（1978），应该已经重新开放了。

八大山人是明太祖朱元璋第十六子、赐封为江西宁王的朱权的第九世孙。1644年崇祯皇帝自杀，明朝已然名存实亡，那年八大山人十九岁。作为皇室一员的他，明朝的灭亡既是亡国，也是家族的毁灭。为了抗拒清朝的强制蓄辫，他剃度为僧别无选择。八大山人虽一度为僧，但其后又转入道教。

他的画风特点在于极端的惜笔之处。那幅“瓶菊”的名画，近乎到了无法再省略一笔的极限。一尾鱼，一两只鸟，一支菊的作品非常之多。人们说，在他的书画中藏有一种恸哭。太过招摇、浓艳的恸哭反倒很难入眼，而去掉多余杂乱之声的恸哭则是八大山人的画。

在八大山人的诗作中，我最喜欢下面这首七言绝句（题画诗）：

墨点无多泪点多，
山河仍是宋山河。
横流乱石桠杈树，
留待文林细揣摩。

墨点无多，而泪点多。这里既体现了吝惜笔墨、尊崇简洁的画风，同时以泪点多的表现手法暗示着封存于画中的恸哭。承句的“宋山河”则是顾及时下清王朝之句，按理说应该是“明山河”。

对横流乱石以及杈杈树，会有一种看上去不经意抛掷的感觉吧。为什么看上去会有如此抛掷的感觉？为什么要画出那毫无条理乱纷纷的山水呢？

文林指的是文坛，或意味着知识人士的团体。这里隐含的真意还需后世独具慧眼之士去仔细揣摩一番。

有评论说，八大山人的诗以晦涩居多。由于不得不婉转、迂回叙述的事情很多，那么难以理解也许就是情理之中的事了。但是，这首诗却非常之明快。“宋山河”这句的另一层深意，即便不是文林才子也不难体察。

馆内的展品前还没有摆放解说的标签。可能关于如何解说，正在有关人士之间讨论，或许尚未开放的原因就是等待讨论的结果吧。但是，对我而言已无需解说了。因为每当我与他的作品面面相视时，只要轻声叨念“墨点无多泪点多”，就感觉已经读懂那幅画的内涵了。

喜好涂鸦

“到处涂鸦”在世界各地都有。据说，日语中的“落首”（打油诗）便是“胡乱涂写一首”的缩写，辞典中解释为“含有讽刺、嘲弄之意的匿名打油诗”。批判当政，打出实名真姓的确有危险。不过，我们在观光景点经常看到的涂鸦，则主要以留念为主，并无政治色彩。故堂而皇之的签名落款，甚至将名字雕琢出来。

偏好文字记载的中国人喜欢涂写或许是理所应当的。以“题壁”为标题的诗多是在墙壁上涂写的作品。敦煌的石窟里也有很多历代涂写之作。在我看到的范围内，清朝的雍正、乾隆年间的东西特别多。著名的藏经洞（第十七窟）的墙壁上就有画家张大千写的大大的字，这已成为敦煌壁画的白眉，也算是涂鸦之作吧。

前些时候，我到中国的庐山旅游，去了有名的龙首崖。在晋代的天池寺遗址附近有一处可以一览万丈峡谷的地方，那里修建了一座供观光客眺望的亭子。有些恐高的我颤颤巍巍地紧抓着扶手好不容易才登上去。然而，就在那亭子的柱子上却有人墨痕淋漓地刻有字迹，令我感叹，这实在是胆大无敌之人呀。

凭栏对龙首，
待等后来时。
一地拔万仞，
乘龙俯匡庐。

在那令人眼晕的绝壁之处，有一形似龙首的岩石，称作“龙首岩”。这亭子正好建在视觉最佳之处。靠在亭子的扶手处，涂鸦的作者们眺望着龙首崖。我之所以用了复数“作者们”，是因为落款写着“武汉地院六君子”，落款的下面还有六个人的名字。地院，应该是地质学院的简称吧。学院在中国是单科大学或大学的院部。我想，这六人合作的留念内容，一定是经过了一番争论、研讨之后的作品。

周代有一位姓匡的隐士曾在这里结庐，后来此山便叫作庐山。白居易的诗中也有将庐山称作匡庐的句子。骑着龙俯瞰庐山，总给人透着气宇与稚气的感觉。所以，这六君子应该不是学院的教授，大概是学生或研究生、助手吧。

游览江西之后，坐火车去北京。车厢的列车员拿来一个“意见本”，并说随便写点儿什么都可以。意见本，难道要调查什么弹劾之类的事不成？然而，翻看了前面写的“意见”之后发觉，感谢的话语居多。当然，“临时停车的时候，请用广播告知理由”这样的意见也有。“意见”当中还看到一些即兴的诗，很有意思。这也可算作一种涂鸦吧。这里收录了一首如下：

一进餐车如到家，
热菜热饭送手下。

春风满台话语亲，

列车浇开大庆花。

看字义，大概无需多做什么解释了。餐车，日语里叫作“食堂车”。所谓盛开大庆之花，则因为这趟列车往来于南昌与北京之间。看样子，作者不是到工业模范城市东北的大庆参观返回途中在餐车聊到这个话题后写的，就一定是在北京参加了“学大庆”会议之后写的。谈及国家未来的光明前途，车厢内充满了如同花儿盛开的气氛。这样解释应该没错吧。

1978 年《海》

《史记》的妙趣所在

如果被问及司马迁《史记》的妙趣何在，很难一句话作答。我曾在被问及此事时这样说过："在《汉书·司马迁传》当中，对司马迁的批评正是《史记》的魅力所在。"

后汉班固撰写的《汉书》，在列传中为司马迁立传。司马迁在《史记》中将自己的意见或感想分别写入各卷末尾，并以"太史公曰"的形式标注。

《汉书》对这样的标注都会写一个"赞曰"。使用的虽是一个"赞"字，但绝非都是赞赏之意，其中当然不乏批评的。在《汉书·司马迁传》诸多的"赞曰"中有：

> 亦其涉猎者广博，贯穿经传，驰骋古今，上下数千载间，斯以勤矣。

这是大加赞赏之意。然而，接下来认为司马迁的是非判定标准与圣人相违，给予了批判：

> 论大道则先黄老而后六经，
> 序游侠则退处士而进奸雄，
> 述货殖则崇势利而羞贱贫，
> 此其所蔽也。

所谓黄老，指的是黄帝、老子的思想，或许说老庄更容易理解吧。这是道家的思维方式。司马迁的确在《史记·太史公自序》中承认，以解说、点评其父司马谈所言诸家思想的形式，自认为道家好于儒家。六经指的是《易》《诗》《书》《春秋》《礼》《乐》这六种儒家权威性经书。学习六经称作六艺，司马谈对此似乎反感至极，认为阅读量太大，甚至花费几代的时间也无法学有所成：

> 博而寡要，老而少功。

这是指责儒家虽然广博，但最重要的东西稀少，付出辛劳但所得甚微。

司马迁生于汉武帝时代，正是推崇儒家氛围渐浓的时期。众所周知，此前在汉代皇室颇为盛行的是黄老的学问。《史记》也在形式上尊孔子为“世家”、尊老子为“列传”等，看上去十分尊重儒教。但《史记》整体显现的浓郁的道家色彩仍时常被后人评说。

在《史记·列传》的卷头“伯夷列传”中，司马迁就早早地开始对孔子的伯夷评提出异议。伯夷和叔齐因拒吃周朝的粮食而饿死在首阳山，孔子对此如是说：“不念旧恶，怨是用希。求仁得仁，又何怨乎？”

但司马迁对孔子的言论表示了质疑。阅读传说中伯夷和叔齐所作的歌“登彼西山兮……”之后，司马迁加上了自己的感想：怨邪非邪?

这首歌只能理解为哀怨之歌。饿死的二人带有哀怨也是理所当然的。依照孔子所言“求仁得仁”，无怨而死的想法岂不是过于粉饰了，其人性的遮掩有些过分。

《史记》与《汉书》之间，大致相隔了近两百年的时间。《汉书》的著者班固生活在后汉初期，其间虽发生过王莽篡权，但那是清一色的儒教时代。儒教色彩被厚厚地涂抹着，已然风干吸附得相当彻底，无法改变。要想溶化那过分的粉饰，窥视原本的肌肤已然不可能。

《史记》的妙趣在于没有妆扮粉饰。即便有《孔子世家》那样的粉饰，也是很稀薄的，仍可看见原本的肌肤。那凸显的人性正是其魅力所在。

《汉书》列举司马迁的第二个缺点，对我等而言也许根本算不上缺点。相反，应该算作优点才对。即，撰写游侠而不书写处士，记录了奸雄。所谓处士，即没有得到官位的士大夫。班固认为，既然着笔记录民间人士，应该将那些如果得到官位说不定能成为高官的处士放在首位。话虽如此，但对我等而言，对处士唯一感兴趣的地方也就是没有踏上仕途这一点而已，处士其后那深居田园的隐士生活至少对其他人而言只是平淡无味的一生罢了。司马迁没有关注这群索然无味之士。在他看来，比起隐居人士，那些侠客首领无论善与恶才是我等的兴致趣味所在。因此，着笔民间人士理应关注奸雄。可谓恐怖分子传记的“刺客列传”其实也是《史记》中最放光彩的一部分，而《汉书》恰恰删除了这些。

虽然《史记》旨在讲述货殖，其赞赏成功企业家便是在羞辱贫贱，这是来自《汉书》的批评。班固所处的时代存在一种崇尚清贫的思想。虽然这种思想本身并没有错，但这里如果夹杂了粉饰的成分，定会令人感到百般无趣。想成为有钱人，但自觉无才而做出一副甘愿清贫状的伪善也不是我等能够接受的。司马迁曾获罪受刑，如果按照当时的惯例只要缴纳五十万钱便可赎罪。这样一来，无论是死刑还是宫刑均可免除。但是，司马迁当时并没有这么多钱。因此，司马迁自身对贫困造就悲哀的那份痛切之感，恐怕能给予切身体会的人很少吧。那么，面对背负着如此悲痛之经历撰写的货殖，似乎来自《汉书》的批评只能说粉饰得过于堂皇了。

《史记》作为第一部史书，以及其后陆续出来的《二十四史》等被称作正史的群书。但其中大部分均为官方撰写。著述前一个王朝的历史被看作正统王朝的一项任务。而《史记》并非受命于汉武帝才得以著述，仅是司马迁个人的工作，换言之，可谓私人撰写的一部著作而已。

《史记》的魅力还在于修史工作的推进过程并非国家层面的事业，这一点也尤为令人赞叹。《史记》属于私人作品，且由身份并不高贵之人执笔。就连司马迁本人在当时也绝对没有所谓精英意识。

司马家族是代代世袭太史令的家族。不过，太史令虽然听起来非常不同凡响，但实际上并不是什么了不起的官职。关于司马家族世袭的官职，汉书曾引用司马迁《报任少卿书》一文的描述：文史星历，近乎卜祝之间。

可见太史令的工作就是“文史星历”，即所谓的记录者。与此同时还要为朝廷观测天文、制作年历。时至今日，文史记录是一件很重要的工作，天文工作者则更是受到世人的尊敬。然而在司马迁那个年代，人们对这类工作并无敬意可言。

汉武帝即位之时，汉王朝的建立不过刚满五十年，那时横行跋扈于社会上的依然是建国功臣们的第二代、第三代家族。司马迁也这样说过：“仆之先人非有剖符丹书之功。”

“剖符”即是符契（官方权威之凭证），丹书就是“官方特赦许可”（可世袭的免罪特权证件）。这剖符丹书是汉高祖给他的功臣的，即使功臣们的子孙犯罪，亦可豁免的圣旨。由于可以代代相传，因此使用了不易掉色的朱丹。司马迁是在说自己的祖上并没有足以得到这类剖符丹书的功绩。

司马迁非名门出身，且当时对“文史记录、制作星历”这类工作视为近乎占卜或巫师，于是乎在当时人们的眼中，司马迁的工作不是什么正经工作。

在遭受宫刑之前，司马迁就已经视己为局外人。从局外人的眼中看世界，这一点也是《史记》与其他正史不同的妙趣所在。在局外人的眼中，粉饰是不入眼的。

“本纪”指的是为一统天下的统治者撰写的传记，但司马迁没有把实为傀儡的惠帝列入“本纪”，反而将汉高祖的对手、未能坐上皇帝宝座的项羽列入了“本纪”。尽管时间很短暂，但项羽的确一统了天下。所谓“实力本位”看待历史吧。除此之外，司马迁将百姓起义的陈胜也列入了世家。

而这些均在《汉书》中被修订了。但于我等看来，仍然感觉《史记》被修订前的叙述更具魅力。那么《史记》可否称为一部彻头彻尾现实主义的明快与清爽的巨著呢？

1978 年 10 月 中央公论社《世界名著》11 期月报

中国史书中的日本

一直以来，“东夷、西戎、南蛮、北狄”的称谓被看作是中华思想的经典表现。不过，当你深究与此相关的事例后会发现，与其说这些称谓源自血统主义，不如说是基于文明主义的表达。这一思维方式要呈现的是“中国是文明最厚重的那部分，而渐渐远离她的地方，文明也就随之稀薄”。记得很久以前我曾写过相关看法，再重复几句吧。当时“中国”一词与现在的词义并非相同。的确，常常有人说中国就是整个世界，而且那种认为与自己同等规格的国家并不存在的想法也是事实，但果真是那样的话，将自己定格为“正中间的国家”岂不是自相矛盾吗?

实际上，“中国”一词并非此意，其意是“国的正中间”。

而在古代中国人的意识里，国即是世界。

“中 ×××”的句子并非我们经常说的“正中间的

×××”的意思，而是“××× 当中”的意思，这在古代中国可谓基本常识了。传说公元前五六世纪孔子编修的《诗经》也有这样的用法，例如：泛彼柏舟，在彼中河。这里只能理解为，柏舟顺流而去，那人已在河的中间。在《诗经》的注释《毛传》中也说“中河乃河中”。

三世纪初，三国时代的曹植有“昆仑本吾宅，中州非我家”的诗句。大意是，昆仑山麓才是我原本的家，州（国家）的中心部并非我的家。

五世纪的陶渊明有“蔼蔼堂前林，中夏贮清阴”的诗句，蔼蔼的家前有林，贮有清凉树荫的季节正值“夏季的正当中”。不妨再啰唆几句，举一个八世纪唐代的诗吧。王维的《瓜园诗》中有“朱槿照中园”的句子，说的是朱槿映照在园中。

以上例子中的“中河”“中州”“中夏”“中园”用现代一般表现手法应该是“河中、州中、夏中、园中”的意思。

诗文中常有“中国”一词，多指国都。因为古人认为首都在国家的正中间。

视文明厚重的地方为“华”，稀薄的地方为“夷”和其他。这里既有地域之间的差异，同时也包括生活方式上的差异。因此，某人，某个群体，时而成为“华”，时而成为“夷”。如果按照血统主义而论，夷的子孙到任何时候仍是夷。但是，看过《史记》等记述就知道并非如此。在阐述秦的祖国时是这样说的："子孙或在中国，或在夷狄……"[1]这意思是说，既有住在国都的时候，也有住在地方的时候。

传说中的皇帝"尧"将业绩不好的部下或惹是生非的人分别流放到四方。《史记》中记载，将共工（成为工匠的首领，但未能做出成绩）流放到幽陵，为北狄；将驩兜（推荐共工的人）逐放到崇山，为南蛮；将三苗（惹是生非之人）驱赶到三危，为西戎；将鲧（治水失败之人）押送至羽山，为东夷。

吴的始祖太伯是周太王的儿子，可以说是华中之华了。但当他听说父亲希望将自己的弟弟推举为继承人之后，因不愿自己的存在成为父亲的负担，便逃往南方的荆蛮。之后，为了被发现之后也无法被带回，他决定"文身断发"。当时的文身、断发乃蛮夷风俗，若接受这种风俗，则视为蛮夷，也就无法成为中华的继承人了。因此，无论是华还是夷，我们通过这些事例可以了解，这里没有血统上的区别，而是文明的问题。

对中国而言，日本位于东面。对东方的非华人通常会使用"夷"这个字。因此，日本属于东夷。由于相隔大海，在

1 出自《史记·秦本纪》。——译者注

遥远的彼岸，当时的人们大概总是认为日本距离文明的中心最遥远。

“夷、戎、蛮、狄”四字仅用于代表漠然的非华人或居住在文明度稀薄的群体、人，不过这四个字之间好像并没有什么等级的区别。也许只是因为四方有文明较低的地区，便套用了这四个字吧。就算是人为硬性的划分，各自的形象在其后的岁月里也会自然发生改变。当一种说法一旦开始使用，就会慢慢具备它相对独立的词义。最好的例子便是日语使用的“南蛮”一词的微妙含义。“南蛮”的意思在日本是指葡萄牙人或西班牙人。话说回来，中国这四个非华人的字义中，不知从何时开始，“东夷”一词的形象变得最好了。

或许有各种各样的理由吧。其中，东方给人的印象极好也一定是理由之一。太阳从东方升起，至少比起西落的感觉要好。北和南，容易让人联想到酷寒和炎暑。在中国，特别是对北方的不毛之地有“朔北”之称，给人荒凉的印象很强烈。汉代的李陵被匈奴俘虏，后曾在北海（贝加尔湖）有过十九年的艰辛生活。对中国人而言，那里简直就是大地的尽头一般。此外，“北”这个字是由两个背对背的人造出来的字，有“违背”“逃离”这类让人感觉不爽的意思。另外，提及南方，古代人总会把那里与猖獗的地方病、出没的猛兽相联系。湿漉漉的，似乎对健康不好。读过一首杜甫挂念李白被流放到南方而作的诗《梦李白》，其中有一句“江南瘴疠地”，再如，“瘴雨蛮烟”这听起来有些恐怖的句子，则多用于形容南方之地。

西，日落且多少带有寂寥的方向。如果不是虔诚地向往西方净土的佛教徒，一般都不太喜欢。用这种排除法算下来，在四个“方向”中最好的便是东方了。

从中国的地形来看也是如此。北方是荒凉、朔风呼啸之地；西方有妖魔巢穴般恐怖的流沙——塔克拉玛干大沙漠；南方则是海，大海对中国人来说也曾是可怕的。与这些相比，从中原向东再向东，从河北到辽东，跨过鸭绿江可进入朝鲜，这一路并没有那些荒凉之地，也没有什么妖怪，感觉有相似的人居住在那里。

翻阅《史记》，记载了前面讲述的流放到四方的四个罪人，其中流放到东方的是鲧。鲧，何许人也？他虽被尧流放，但他的儿子禹却在父亲失败的治水工程上取得了成功，不仅坐上了帝王的位子，还改变原本一人一个朝代的圣帝地位，建立了子孙世袭的王朝制度，成为夏王朝的始祖。

这传承就算是口头相传的，也毕竟跨越了夏王朝时代。于是，作为始祖的父亲，成为四个罪人中最被大家抱有善意的人物。鲧，便代表了“东夷”。

孔子曾因自己的主张在世间无法实施，一度哀叹：道不行，乘桴浮于海（《论语·公冶长第五》）。另外还曾说过：欲居九夷（《论语·子罕第九》）。

在中国无法实施其道，甚至有了逃亡的想法，很想乘坐桴，到九夷之地去。九夷，指的是位于东方的九种夷的地方，皇侃的《论语义疏》中，解释九种夷的地方，其一是倭。更有《淮南子》中的文章可阅——东方有君子之国。

因此，自远古以来，在中国有教养之人的脑海里就已经有了东方并非野蛮之地的先入之见。

阿倍仲麻吕从唐朝返回日本之时，送别他的王维在其诗的序[1]中有：

> 海东国，日本为大。服圣人之训，有君子之风。正朔本乎夏时，衣裳同乎汉制。

这里提及的君子之风也许是对《淮南子》有所感悟吧。不仅如此，就连《孟子》当中也有记载，在中国人看来，能与尧并列为圣明皇帝的舜是东夷之人。例如，鸦片战争之前，英国船“阿美士德号”带着侦察任务曾巡航于中国沿海一带。锁国体制之下的大清国自然拒绝了“阿美士德号”的入港。

1　指王维的《送秘书晁监还日本国并序》。——译者注不过，“阿美士德号”船上有一位名叫纽拉夫（音译）的、相当精通中文的传教士，由他负责和口岸各地的官员交换信件。上海大清朝海关的官员在信中使用了“夷商”一词，船长认为大英帝国乃外国，不是夷国，因而认定这是一种侮辱，提出了抗议。对此，苏松太道[1]的吴其泰回复道，夷并非蔑称，与外国一词同义。并引用出典来自《孟子》的“舜东夷之人也”的句子。然而纽拉夫却引用了苏东坡的“夷狄不可以中国之治治也”，表示再次抗议。结果，最终信件中将“夷商”改为“该商”。这个故事至少说明一点，夷和其他的狄、戎、蛮等字词相比，还是留有可以争辩的余地的。

就这样，在四周非中华区域里，可以说我们对日本并没有那种恶感。至少可以感觉到居住在那里的人并没有被划归为“魑、魅、魍、魉”。

同样是东夷的区域，朝鲜很早就作为汉朝的乐浪郡成为殖民地，不仅有官吏前往赴任，更有移民前往居住，其交往很频繁。仅此而言，对中国人来说，朝鲜要现实很多，不存在梦幻元素。相比之下，日本对中国人来说则是一个梦幻之

1　前身是苏松道、苏松常道。清初设兵巡道，管辖苏州、松江两府，驻地太仓州（今江苏太仓）。乾隆六年（1741）改道名为苏松太道。一般全称为分巡苏松太兵备道，或称苏松太仓道。——译者注

地了，加之神话传说更是助长了这梦幻的程度。东海有蓬莱仙岛，那里的长生不老仙草等传说自远古就有了。秦始皇时代，为寻找仙岛带着童男童女乘船向东方航海而去的徐福的故事中，这类梦幻元素更是丰富多彩。

日本首次出现在中国的史书中，恐怕是《汉书》的地理志了。记载中有“乐浪海中有倭人，分为百余国，以岁时来献见云”的句子。

在这段话的前半段作为东夷的概论还有一句 “然东夷天性柔顺，异于三方之外”[1]。这里的“三方”指的是除了东以外的南、北、西。《汉书》是一世纪的著作，可见当时中国人对日本的印象并不坏。

接下来当然要提及《魏志倭人传》了。在中国的正史中，再没有比这部分更能让日本专心致志地潜心研究了。特别是邪马台国的历程，可谓研究至终极、推理达到了极致。然而，中国人关心的焦点不在于诸如邪马台国究竟在哪里，而对那里究竟居住着什么人似乎更有兴趣。于是，我们可以从史书记载中了解当时在中国人心中营造的日本人形象。例如：

---

1 《汉书》卷二十八下、地理志第八下的卷头有“然东夷天性柔顺，异于三方之外，故孔子悼道不行，设浮于海，欲居九夷，有以也夫！乐浪海中有倭人，分为百余国，以岁时来献见云”。——译者注

其风俗不淫。

其会同坐起，父子男女无别。

人性嗜酒。

不盗窃，少诤讼。

另外，《魏志倭人传》中有日本一夫多妻[1]的记载，其后的史书中多用“多女少男”一词来引用。的确，有段时期日本的使节相当频繁地往来于中日之间。甚至在《旧唐书》中都有记载。

“性质直，有雅风。”[2]这是《隋书》中的描述。但《旧唐书》中的描述却是：“入朝者（在中国的日本人），多自矜大，不以实对。”

唐玄宗天宝十三年（754）的元旦，在大明宫举行了新年拜贺仪式。其间，日本使节大伴古麻吕因坐席被排列在西列第二，次于吐蕃（西藏）而提出抗议。结果被调整到东列的第一坐席。这件事仅日本方面有记载，但估计应该是事实吧。这种抗议对大唐的人们而言自然是“多自矜大”了。所谓“不以实对”，并非言其说谎，而是“不服输”的一种表

---

1 《魏志倭人传》中有“其俗，国人人皆四五妇，下户或二三妇”。——译者注

2 《隋书》卷八十一、列传第四十六倭国。——译者注

现方式。第二次世界大战中，日本有学者将《旧唐书》的这句话解释为，这是日本人即便到了国外也不会夸夸其谈自国的实际情况，是一种超前的防备间谍的观念所致。原来还可以这样解读，实在令人钦佩。当然，编撰正史的人并没有去过日本，一切都是依据传闻落笔。不过，仅仅是传闻倒也无妨，很多笔墨却多是抄写前代史书。

有件很有趣的事情发生在丰臣秀吉出兵朝鲜之前。一个名叫许仪后的中国医师住在萨摩。他被倭寇掠到日本，在岛津蕃当上了侍医。也许因为职业的缘故，知道了即将出兵朝鲜的秘密，为此赶紧将此事急报故国。在给故国的密书中，为了便于故国了解日本，信中阐述了他耳闻目睹的日本人形象。这里例举几个：

> 刑罚刻剥。
>
> 浮虚无实，大言壮语。
>
> 嗜酒，倚酒势征战。

这些描述恰与各类正史中对日本的描述相一致，的确很有趣。

1281年的元寇，因“神风”让元军一举覆灭。《元史》

的日本传中记载，十万之众生还仅三[1]。不用说这当然是过于夸张的描述。因为在众多的正史中，《元史》的内容多为杜撰是路人皆知的。就连同样的《元史》世祖本纪[2]也有“十存一二”的记述。说明十万人中有一万或两万人生还。

遭遇台风时，元军将士有很多人躲避到日本的鹰岛。少贰景资等率兵进行了扫荡，在《元史》日本传中有这样的记载，当时俘虏的人数大约两三万，蒙古人、高丽人、汉人均被杀虐，但没有杀新附军，而是将他们带回作为奴隶。这里所说的汉人指华北地区出身的、较早穿上元朝服装的人，而新附军则是此前刚刚被打败的南宋的旧军人。也有一种学说认为，元朝时期远征日本的目的是遗弃那些毫发无损便投降归顺的南宋军队于海外。因此，远征军的大半多为新附军。那么，至少有一万名江南的军人在此时成为奴隶，留在了日本。他们的命运究竟如何呢，中日双方的史书均无记载，没有告诉我们。我想，这些人一定都分散到日本全国各地，且多数在武将的领地生活。数量如此之多的中国人在日本生活实在是极

---

1 《元史》卷二〇八外夷传中有“十万之众，得还者三人耳”。——译者注

2 《元史》卷十一世祖本纪中有“为风涛所激，大失利，余军回至高丽境，十存一二”。——译者注

其少见的，然而令人遗憾的是，这些人几乎全部在日本作古，无法将在日本生活的体验转达给他们自己的故国。

其实，我对那些在鹰岛被俘的江南人的命运很感兴趣。试想，那时一定有相当多的江南文明以各种形式被移植到日本的底层社会。不过，这话题已脱离了本文的主题，在此就不再讨论了。

从中国式的世界观来说，不可能存在所谓外国，只有中国可以照顾得到或照顾不到的地方。而后者被称为化外之地。日本虽属化外之地，但被认为具有君子之风。

类似日本这样过于遥远、照顾不到的地方虽称为化外之地，但化外之地也分不同级别。因此，化外之地中也有即便无法直接照看，但假如一旦发生什么不测，宗主国仍会出面帮助解决的高级别地方。这种地方的主人便会得到中国皇帝的册封。接受册封，也就意味着有朝贡的资格。

朝鲜接受了明朝的册封。所以，当丰臣秀吉侵略朝鲜时，朝鲜认为这是“一旦发生的不测”，因此向明朝提出了援军的请求。而明朝作为宗主国派遣援军也是必然的。

要想得到册封，绝非轻而易举之事。当年满族就很想用自产的人参向明朝朝贡。朝贡在各个年代的形式是不同的，但接受朝贡的宗主国必须以成倍于朝贡的财物予以“赏赐”，因此朝贡是一桩“相当挣钱的买卖”。那么，有一方盈利当然就有一方亏损了。赏赐几倍于朝贡财物的宗主国可以说负担相当沉重。正因如此，当时的明朝尽可能地不去册封。满族对此很是不服气，甚至为了得到册封而与明朝打仗。

至于丰臣秀吉出兵朝鲜，好像当时的明朝视其行为与满族所为类同，均是为了得到册封而采取的无理撒野行为。因此，在送达的国书中写着“封尔为日本国王”。虽然册封，但由于行为过于粗暴，明朝采取了带有惩罚意味的不允许朝贡的措施，以观后效。如果深刻反省，届时尚可准许朝贡。

或许是中间斡旋之人出了差错，大明朝的本意未能准确转达给丰臣秀吉，反过来的情景也是一样吧。

丰臣秀吉出兵朝鲜五十年之后，大明王朝便灭亡了。接替者大清朝的世界观仍秉承了中国的传统。不过，因日本自德川时代开始闭关锁国，所以中日两国间有关国家体制方面的冲突几乎没有发生。然而，大清朝与其他外国（大清朝并不这样认为）之间就国家体制而产生的纠纷却多次发生。

例如，1816 年阿美士德勋爵作为英国使节前往北京，因拒绝在大清皇帝面前三跪九叩被责令离开。在大清朝看来，阿美士德是来商讨通商的，这无疑就是朝贡。朝贡者在皇帝面前三跪九叩当然是规矩所在。而在阿美士德看来，自己代表着英国国王乔治三世，自然不能在清朝皇帝面前屈辱地叩头。最终阿美士德无可奈何地离开了北京。

其实，自那时起清朝首脑阶层已经朦胧地感到有“外国”的存在了。只要遵从三跪九叩，便可获得挣钱的买卖，可为什么“朝贡”者中竟有不行此大礼之人呢？想来想去，明白了个中缘由是国家体制的问题。那么在探究国家体制之时，自然会寻思一番，居然还有与大清国等同规格的“国家”存在吗？

无须多言，让人们彻底惊醒的一件事当然是鸦片战争的结束。《南京条约》乃是不平等条约。与其说国与国之间达到了等同规格的关系，不如说被大大地逆转，大清国已被置于各列强之下了。

以往那种，日本单方面尤其是从古代典籍中学习中国的时代结束了。中国反过来需要学习明治维新的经验。因为清末西太后执政期间，宫廷腐败与国政停滞已达到极致。也正是从那时起，诸多改革派人士便开始视明治维新为其榜样了。

最初将一个崭新的日本介绍给中国的当属第一任驻日公使何如璋了。他著述的《使东述略》在有识之士之间被广为传阅。另外，作为一等书记官来日本工作的黄遵宪著有一套多达四十卷的庞大的《日本国志》。这相当于一本有关日本的大百科全书，可谓心血之作。

顾厚焜的《日本新政考》出版于1888年，称得上是一本明治维新的专著。刘庆汾的《日本维新政治汇篇》，程思培的《日本变法次第类考》等，在此后陆续出版。各类日本人论述的有关维新的著作也在中国陆续翻译出版，由此称这一时期为"维新大潮时代"应该不为过吧。

被称作中国版的维新当属戊戌变法，另一个名字叫作"百日维新"，但最终以失败告终。为首的康有为及梁启超流亡国外，谭嗣同等七人被斩首处刑。其实，当初谭嗣同如果想流亡也是有机会的，因为在被俘之前他曾去过当时设在北京的日本公使馆。然而，他去的目的却是要面见已在此避难的梁启超，让他将自己的诗稿信件转交给家人。

变法无不从流血而成……请自嗣同始。

面对劝说他流亡的日本友人，谭嗣同如此回绝。接着他转向梁启超说了一句："程婴杵臼，月照西乡[1]，吾与足下分

1　西乡隆盛和月照的故事。月照，和尚，有忧国之志，后奔走于尊王让位运动。受到追捕后，与西乡隆盛两人从京都地区出逃，但因形势骤变，西乡无法护卫月照继续逃亡。后于锦江湾两人投河。月照死，而西乡生还。西乡在后来的明治维新中起到了不可磨灭的作用。后人评论说，倘若当年西乡与月照命运相同的话，日本历史肯定不同于现在。——译者注

任之。”意思是说，我是月照，你是西乡。

西乡与月照相拥投河，西乡活了下来，月照却死了。谭嗣同与梁启超共同研究过明治维新,所以彼此知道这个故事。应该说，日本人引用中国的典故一点儿也不足为奇，但中国人引用日本的典故却实在是少之又少的事。是的，如此重视日本的时期在中国的确从未出现过。

中国的正史均是下一个朝代当作一项重要事业来书写的。《元史》完成于明代,《明史》完成于清代。最理想的史书，当然是一个王朝消亡后，经过充足的时间搁置之后再进行修史编篡为好。一个冷却期是不可或缺的，就因为书写者正是那死去王朝的颠覆者。应该说，一个王朝灭亡之后的一段时间内，所有“事实”依然是那么生涩而又鲜活淋漓，因此各种口实与辩解以及感情色彩仍无法剥离。

作为正史的《清史》至今尚未完成。很庞大且问题很多的《清史稿》虽然已经出来了，但那毕竟仍是个草稿。清朝灭亡至今已过去七十多个岁月。人们已经听到呼声“差不多该出来了吧”。在即将面世的《清史》中，日本究竟以何等姿态被描述呢?

此外，如同清末在中国掀起的明治维新热潮那样，如今的中国也十分关注日本的经济增长。我想，这应该是恰如其分地向中国传递日本应有风采的大好时机吧。

1979 年《文春》

我与《水浒传》

关于《水浒传》的作者，既有罗贯中之说，也有施耐庵之说，甚至还有“施耐庵集撰、罗贯中纂集”的刊本。罗贯中作为《三国演义》的作者早已声名显赫，但施耐庵则不一样，其人是否真实存在都曾是个谜。近年来，人们发现《兴化县续志》记载了施耐庵的墓志铭和列传，那么确有其人的事实基本可以认定了。

施耐庵的出生年月不详，但根据上述《兴化县续志》记载，至顺二年（1331）也就是元朝的文宗年间他考取了进士。这就是说，他通过了当时高等文官最高级别的考试，三十年之后元朝灭亡。施耐庵曾在钱塘做过两年左右的官吏，之后返乡开始写作生涯，其间曾参与过张士诚的叛乱（1353）。张士诚是一个曾与明太祖朱元璋抗争并败在其手下的人物。假设明朝初期施耐庵依然在世的话，无疑属于妨碍建国大业阵营之人，那么自然是不可以大摇大摆招摇过市了。如此看来，紧闭家门，选择小说家的道路也许是出于有此“前科”的缘故吧。《水浒传》描写的是造反的故事，由他执笔岂不是最合适的人选？

水浒，“水之畔”的意思，故事中因众多揭竿而起的英雄豪杰聚集于水泊梁山，故而称作“水浒传”。梁山这个地名，至今仍是山东省境内的一个县名。梁山县城的南侧确实有一座山名叫梁山。那附近一带便是以东平湖为中心的“水乡”，查阅现在的地图仍可见用点线标识的“蓄洪区”。

如果施耐庵的故乡就是《兴化县续志》中提及的兴化县，那应该是江苏省江北一带的水乡了。查看我手头的一本《中华人民共和国分省地图集》，兴化县位于高邮湖的东侧，夹在大运河与新运河之间，另有射阳河、蚌蜒河等大小不一的河川纵横交错于此。

可见，水泊梁山与兴化县相距甚远。但连接它们的那条大运河，使得彼此拥有一个共同点，那便是水乡特色。如此说来，施耐庵是依据自己的故乡描绘了一个水泊梁山，依据自己造反的经历描绘了一个造反集团的故事。也许，能写出这样的故事非他莫属吧。

不仅如此，当我阅读《水浒传》时，似乎并没有在意施耐庵是谁。不对，不是没有在意施耐庵，应该说对作者的在意程度很稀疏。至少，没有阅读《红楼梦》时对作者曹雪芹的在意程度那么高、那么浓厚。因为，出身没落贵族的曹雪芹是在个人小说的基础上构建了一个故事情节，而施耐庵写的则是一个民间说书人演绎给大众的，即在大众小说的基础上，以自身经历和体验为线索创作的故事。《红楼梦》可算纯个人作品，《水浒传》则是民众作品，施耐庵恰恰做了最后的收尾工作。

虽然《水浒传》的作者给人的气息很是清淡，但整个作品弥漫出的民众气息却相当浓烈。可以说，生在日本长在日本、心怀对祖国思慕的我正是依赖于这难得的《水浒传》方才触摸到故土的民众。尽管那些威仪严肃的诗歌文章没什么不好，但盘腿席地而坐听故事也是我等喜欢的。我对衣着质朴的同胞的一种亲近感——其实从少年时期开始，就已经伴随阅读《水浒传》而产生了。

的确，《水浒传》描述的行为举止并非优雅，其中不乏难以理解的黑话匪语，当然粗鲁叫骂一类的不端品行也很多，称得上行为粗野、杀戮成性了。但即便如此，《水浒传》还是给了我不可思议的爽快之感。

《水浒传》中的人物大体可分为两大群体，一个是原本身居高官却被逼落草为寇的群体，另一个则原本就是最底层的百姓群体。首领宋江等属于前者，鲁智深、武松等属于后者。前者为士大夫阶级，或至少认为自己应该是凌驾于民众且略有些教养的支配阶层。相反，后者从一开始便自认为是无畏的枉法者。看过《水浒传》，你会感觉比起前者，后者的故事描写得更为生动鲜活而且感人。

《水浒传》的作者是施耐庵也罢，是罗贯中执笔润色也罢，两人无论是谁都应该归属士大夫阶级。就算是没落失意的士大夫，按理说应该更贴近宋江等前者的群体才对，因为作者依照自己的原型便可以描绘一番。然而实际上对后者，即那些所谓“流氓无产者”栩栩如生的描写实在是精彩绝伦。

如此精彩的理由说起来相当简单。如前所述，与其说《水浒传》是施耐庵或罗贯中的作品，不如说它是民众的作品。聆听说书先生讲故事的民众肯定对后者群体更具亲近感。而单就说书的脚本而言，与其说要考虑作者的思想，不如说要根据听众掌声的多寡进行增减。没有掌声的地方也是要忍痛割爱的，留下掌声四起的地方，而且肯定会进一步夸大其词。《水浒传》表现了藏匿于民众心中的某种愿望，这便是对官吏的憎恶。这个故事中宰相级别的高俅以及蔡京便是憎恶的对象。一百零八位豪杰聚集梁山泊的原因也多是深受官府衙役的压迫不得不反，而普通百姓正是为这“官逼民反”送去了喝彩。

小时候，我在祖父的藏书中“看过”《水浒传》。之所以不能说“读过”，是因为那文字对我而言实在太难了。我看的只是书中的插图。不过那些插图并非散落在书页的前前后后，而是集中在全套书的首卷。因此，第一卷几乎一半都是插图。还是小孩的我自然只顾翻看第一卷了。

祖父的藏书已经失散，现如今我手头留下的书中已经找不到那套《水浒传》了。究竟是七十回版本还是一百二十回版本，因没有读过也就无从知晓了。但是对我而言，通过插图了解的梁山好汉可算是幼年之交了，彼此称得上“青梅竹马”吧。

这数年来，我几乎每年都要去中国旅行。其实这旅行便是对长大后阅读《水浒传》所感受的壮丽舞台的一种怀旧。如果说，长大后再次阅读同一个故事是对“儿时朋友”的一种确认，那么旅行则是对“儿时玩耍舞台”的确认。

《水浒传》故事的开篇始于禁军教头王进被高俅陷害，打算前往延安府。途中与九纹龙史进相遇，并传授其武艺。之后，史进因惹上麻烦而逃往华阴县。华阴，正如其地名所暗示的那样，位于被称作圣山的华山以北。那一带是中国陇海铁路线的沿线，我多次坐火车经过那里。如果你乘坐由东向西的列车，在经过潼关站之后便可透过车窗看到华山。

华阴县城距铁路沿线还有一段距离。乘坐直快列车的话，火车会在潼关站的下一站孟塬停车,再下一站便是渭南站了。这孟塬好似华阴的窗口,直快列车在孟塬站停留大约五分钟。旅客多半会在这里下车涌至站台。下车到站台就是为了看一眼华山。询问旅行社的陪同才知道，在孟塬站看华山雄姿是最漂亮的。乘客们都知道，比起透过车窗看到的风景，当然是下到站台去仰视华山全貌更为壮观。

中国自古以来就有五岳之说，这是对五座神圣山峰的崇拜。五岳分别对应了东西南北和中央五个方位。在东面的群山中最神圣的当属泰山，即五岳之首，位于山东省泰安县，海拔一千五百二十四米。素有“地上之最为泰山，天上之最为北斗”之说。某领域中的最高权威人士被称作“泰山北斗”，即人们熟知的简称“泰斗”。这里也是统一天下的皇帝举行封禅仪式的地方。

古时，相对东面的泰山，西岳则是我们说的华山了，南岳为霍山（河南省临汝），北岳为恒山（河北省曲阳），中岳为嵩山（河南省登封）。

华山海拔一千九百九十七米。不仅是华山，五岳之首泰山的海拔高度也没有超过两千米。虽然中原一带没有天山、昆仑山等五六千米高的山峰，但首阳山、太白山这些两三千米的山峰也是有的。看来，被称作圣山应该不在于其海拔高度有多少，而在于它的姿容。华山的雄伟在于它给人的安定感。

我站在孟塬的站台上，心扉已经被华山的雄伟所打动。想必古人也有相同的感受，一定对这座山产生了敬畏。的确，人的心灵是可以超越时空彼此相通的。《水浒传》的作者对华山也表露了他的敬意。九纹龙史进是华阴县史家村的少爷，他家附近的山上有山贼。也许是考虑到如果让山贼居住在神圣的华山是大不敬，因此才把山名改成了“少华山”吧。盘踞在少华山的山贼首领是神机军师朱武，第二把交椅是跳涧虎陈达，第三把交椅是白花蛇杨春，其手下有五六百人。这三人在其后均落草于梁山泊,在一百单八将中也是有名分的。那么单说这少华山，是否真实存在我不得而知，但至少查阅相当详细的地图可知,华阴县附近并没有名叫少华山的山峰。

华山的威严以及给人安定感的身姿非常漂亮，它简直就是和平的象征。五岳有着各自的个性。每座山的神灵拥有各自的神通之力。例如，东岳泰山之神灵可保佑长寿，西岳华山的神灵则可保佑避开兵刃。避开兵刃当然说的是免受刀剑之灾，也寓意免受战乱之灾。这说的不是和平还能是什么呢。因此，即便是假设在这寓意和平的山里有一伙山贼，哪怕仅仅是虚构的故事，对作者来说大概也是忌讳吧。

这日，跳涧虎陈达前往华阴县官府“借粮”，途经史家村的时候，对史进高声一句：

> 四海之内，皆兄弟也，相烦借一条路。

这句“四海之内，皆兄弟也” 典出《论语》。“四海之内”当然是指整个世界。这里是说，在这个世界中大家都是好兄弟，无论如何借一条路让我过去。

据说布克夫人[1]将《水浒传》的英译版书名定为 *All men are brothers* 也是这个缘故。

我觉得，这本书的英译书名十分准确地把握了水浒故事的内容。因为《水浒传》的的确确讲述的正是一百零八个结义兄弟之间的故事。

在我看来，中国故事文学的根基植于兄弟情分的关系之中。即便是《三国演义》，表面上刘、关、张是主仆关系，

1　布克夫人（Pearl Buck）是1938年诺贝尔文学奖获得者，美国女作家。自幼随父到中国，精通中文，熟悉中国社会，自取中文名“赛珍珠”。她翻译的《水浒传》英文版《四海之内皆兄弟》发表于1933年，译文贴切、生动，忠于原著，曾受到鲁迅的赞许。—— 译者注

但故事描写的兄弟结义以及关羽称刘备夫人为“嫂”，都足以说明兄弟情分的色彩在这个故事中有多么的浓烈。

名与实是最近颇为流行的词汇。如果用此流行词汇来形容中国社会的“名”，那么父子、君臣这条自上而下的纵线所贯穿的伦理无疑就是根基之物。然而，社会的“实”却因父与子、君与臣所形成的两难窘境，令人备感窒息。命令，然后是绝对的服从，毫无选择的余地。因此，令人两难且尴尬的“名”还是免谈吧。一种隐藏在中国人内心的“实”相当的强烈，难道不是吗？

四书五经这类读本必然要尊崇“名”去撰写，实属无可厚非之事。那么，原本就是为了轻松闲暇而编写的评书或故事何不更贴近“实”呢。兄弟之间，虽然也存在命令与服从的色彩，却不是绝对的。这里没有那种不问青红皂白的绝对，看到的是一种诚恳说服的姿态。而这说服的过程也恰恰作为跌宕起伏的故事情节而引人入胜。

父子、君臣这种自上而下的约束越是严厉，人们的厌烦就会越发强烈，所以那些以兄弟情义为主题的戏剧、评书故事才会大受欢迎。那么在日本呢，《忠臣藏》《太平记》虽然也是以娱乐为主，但儒教思想并未深入至日本人生活的枝梢末节，因此日本人厌烦“名”的严苛约束也就无从谈起，我是这样认为的。

出于责任心，我查阅了华阴县主要山峰的名字。查到了松果山、钱来山、凤居山等，但就是没有发现少华山的名字。《水浒传》的地理事象实在令人匪夷所思。当然，既然是小说，那么使用某些不存在的地名也无可厚非，但如果使用了现实中存在的地名，通常是要对发生故事的地方进行一番考究的。然而，《水浒传》的作者对此似乎并不在意。例如，九纹龙史进寻访师父王进竟去了渭州，这不能不说他去的方向错了。因为，史进知道师父王进住在延安府，只要稍向西走，然后再北上即可。而史进却一直西行，径直走到今天甘肃省的陇西，也就是当时的渭州。说到陇西，距离兰州已经很近了，显然走得过头了。

当然，恐怕作者手上没有一张翔实的好地图，这十分值得同情。不过，既然听故事的都是百姓，因此应该不会像学者、教授们没完没了地挑剔吧。即便有一点儿方向性差错，百姓也会觉得无所谓。

依照我的推理，所谓“渭州”实际上应该是渭南或渭城。如果是渭南，它位于华阴县以西，如果是渭城，它位于咸阳以东，无论是哪里，都是从华阴去延安途中的城镇。当然，我对《水浒传》的地理考证似乎有些自作多情了，但就像喜爱福尔摩斯的粉丝们那样，哪怕是虚构的人物，也还是要考证一下福尔摩斯的旧居或各种经历，因此权当是一种游戏吧。

渭州是隋唐时期的地名。宋朝时，陇西属于鞏州管辖；元朝时，属于鞏昌府管辖。也许渭州是作为俗称得以保留至今的，但从正统的角度来讲，出现这个故事的时代并没有渭州这个地名。无论是渭南还是渭城，从华阴县徒步前往都不需要半个月的时间。因此，有人提出应该是陇西的相反意见也就不足为奇了。

如前所述，《水浒传》作者对神圣的华山是心怀敬畏的，就在晁盖于曾头市中箭身亡之前有一章节叫作“宋江闹西狱华山”。但宋江闹的并非是华山，而是位于华山山麓的西狱庙。那段故事中，少华山头领们的表现十分抢眼。

梁山泊的英雄豪杰们开始作为揭竿而起的造反者大闹天下，到了后期却归顺了朝廷。归顺后，他们反过来开始讨伐造反者。我想这大概是身为读书人的作者与士大夫阶层的宋江等有着相似的朝廷派思想所致。他们认为自己是不得已造反的，如果有机会定要雪耻正名，于是在最后走上讨伐方腊之路，因擒获方腊而建立功勋。然而，《水浒传》也因此迎来了它的悲剧性结局。

我在对《水浒传》地理考证之时有一种感觉，《水浒传》

的前期以北方为舞台，其地理感觉十分含糊不清。但到了后期，舞台转向南方，其地理感觉变得相当准确。看来作者施耐庵应该是南方人。讨伐方腊是在浙江一带，那么作者曾在浙江任职的经历一定对小说的执笔起了很大的作用。

我对方腊这个人物很感兴趣。他是真实的造反首领。说到真实，史书中也的确可见梁山泊首领宋江的名字。只不过《水浒传》的故事是在宋江等造反基础上被大加润色了。《水浒传》并非《三国演义》那种争夺天下的故事，自然其小说的润色成分是相对自由的。于是故事便将造反首领宋江和方腊“撮合”在了一起。但是，仅就造反的规模而言，实际上方腊的造反要远远大于宋江等梁山泊的造反。

我曾在其他场合写过，《水浒传》故事中宋江等接受招安归顺朝廷之后曾平息过四次反叛，最后一次是平息方腊的叛乱。但从年代来看，这是不可能发生的事。《宋史》徽宗本纪中出现妖贼方腊的名字是宣和二年（1120），次年七月方腊被擒获遣送京师。在相同的《宋史》中有“淮南盗宋江等犯淮阳军……”

这一记载是宣和三年二月的记事。也就是说，方腊被俘之时宋江等尚在造反之中，或者刚刚被招安。时间对不上。

《水浒传》对宋江等的造反给予了极大的同情，但对方腊的造反却严加指责，甚至连方腊的出身也故意歪曲。《水浒传》描写的方腊是个樵夫，而实际上方腊出身于地方名门家族，是山林的所有者，据说该山林有很多漆树。《水浒传》把一位山林主变成了一介樵夫。

方腊是被称作“吃菜事魔”的党首，也就是供奉吃蔬菜魔神的一种宗教团体。按照历史学者的说法，虽然叫作菜食宗教团体，实际上就是摩尼教。摩尼教是以名叫摩尼的人物为教祖而诞生的宗教。摩尼生于三世纪的巴比伦尼亚（伊拉克）。该教以伊朗的拜火教为基础，并包括了基督教、佛教等既存的宗教，是一个“合成宗教”。据说于七世纪，即武则天时代传入中国。但也有另一种说法，认为摩尼教早在北魏时期就已经传入中国。

北宋末期，北有水泊梁山的造反，南有方腊的造反。尽管都是造反，但梁山泊的造反属于“侠义”那种朦胧氛围的集结，而南方的方腊则属于宗教信仰的集结。

所谓侠义，多少有些过于情绪化。其凝聚的羁绊不得不说给人一种不确定的暧昧感。相比之下，宗教既有戒律，也有其理论和组织。因此，就揭竿造反而言，宗教相比侠义要来得更强大吧。

摩尼教属于拜火教的一支改革派。这很类似佛教对婆罗门教的情形。当然，在萨珊王朝时期，摩尼教因拜火教一方的反对曾惨遭镇压。在我拜访中国新疆吐鲁番地区时，曾在哈拉和卓遗址见过摩尼教寺院的遗迹。另外，在敦煌石窟发现的古书中，也包含了汉译摩尼教的教典。

从佛教或景教（基督教的聂斯脱里派[1]）或袄教（拜火教）等传入中国的途径看，一般都是随着商业往来传入的，即信徒来到中国后顺便将其宗教也带入。但只有摩尼教是因为在伊朗遭到镇压、迫害，信徒为了躲避而决定到中国来布教。因此，摩尼教的传教从一开始就不是商业的附属品，而是带有宗教目的的。仅此就不难看出，其信徒的布教欲望是何等之强烈。

唐武宗是个狂热的道教信徒，于会昌年间（841—846）镇压了除道教以外的所有宗教。佛教方面称之为“会昌法难”。虽然佛教是被镇压的主要对象，但景教、袄教、摩尼教也同时受到牵连。而袄教等也因会昌法难在中国没能东山再起。不过，摩尼教面对镇压则表现得极富经验，于夹缝中顽强求生——这便是后来被称作“吃菜事魔”的教团。

景教和袄教等属于经丝绸之路传入中国的外来少数派宗

1　也称涅斯多留教派。——译者注

教，一般多分布在中国的西北地区。而摩尼教则因会昌法难之后的劫后余生在中国分布较广。事实上，唐代时期摩尼教就是维吾尔族的宗教信仰。唐朝发生安禄山叛乱之后，由于需要借助维吾尔族的军事力量，因此应允维吾尔族的要求，于各地修建了不少摩尼教寺院，这便是当时的历史背景。那么，源自巴比伦尼亚的宗教团体出现于方腊所在的江浙一带也就不足为奇了。

讨伐方腊的故事在七十回版本的《水浒传》中并未出现。讨伐方腊之后，宋江受到朝廷大臣的忌妒，被迫服毒而死。有一种说法认为，因百姓不喜欢如此悲伤的故事，于是让故事终结在相聚的第七十回要比长篇更让百姓心情愉悦。甚至还有一种说法认为，水浒讲的是造反故事，因此《水浒传》于各个朝代均被列为禁书，所谓出版也是地下出版，那么版刻等印刷工具如果被没收，出版长篇图书所受的损失就会太大，无奈之下只好出版稍短篇幅的七十回版本了。总之，包括这两种猜想，一定还有其他各式各样的事由，终究七十回版本得到了普及。

正是由于这些原因，与武松打虎以及连环计等前半部分的精彩相比，攻打方腊一事反倒不为人知了。但是，我在比较宋江和方腊之后，作为小说家却另有一番兴趣。

宋江的梁山泊与方腊的浙江，是一南一北的两个造反。故事中的北方造反最终接受了招安，并作为政府军攻打了南方的造反。北方的造反，以招安的形式遭受了挫折，而南方的造反则以战败的形式遭受了挫折。对我而言，这两种挫折的彼此叠加之处恰是《水浒传》的魅力所在。

梁山泊是水乡，自然搞水上运输的人和渔民较多。因荒淫奢侈和腐败，北宋政府为了强行榨取民脂民膏，对船只也征收了类似人头税的重税。若老老实实地纳税就会饿死，因此生活在那一带的人为了谋生，或多或少都要逃税。据说，如果有五条船，也就缴纳两条船的税款，这在当时已是司空见惯的事情。严谨地讲，这的确是违法行为，是必须受到惩罚的。但是，这种情形与当年日本出台“粮食管理法”[1]时的情形十分相像，若严格依法办事，恐怕大家都是罪犯。如前所述，布克夫人（Pearl Buck）将这个故事译名为“All men are brothers”，而当时的现状则是“All men are accomplices”（所有人都是共犯者）。

我认为，这便是梁山泊造反的核心所在。由于彼此之间

---

1 “粮食管理法”（日语，食粮管理法）于1942年由东条内阁制定、颁布。其内容主要是政府介入粮食的生产、流通、消费等领域参与管理。虽然二十世纪五十年代粮食需要管制的状况已基本消失，但直到1995年该法才被废止。——译者注

存在的共犯者意识，其团结是坚固的。这便是佛语所言的一莲托生。无论是生是死的同归意识，必然将人们的精神与行为连接在一起。

事实上，方腊的造反也同样如此。因北宋末代皇帝徽宗过于穷奢极欲，于是为了广开财源大大提高了盐税。盐是人们生活中必不可少之物，当然不会因为增税就不吃盐了。话虽如此，由于所谓官盐，即政府专卖的价格十分昂贵，已经到了无法承受的地步，结果导致走私盐屡禁不止。与官盐相对应的叫作私盐，私盐的价格只是官盐的几分之一。于是百姓购买的大多是私盐。当然，无论购买私盐还是贩卖私盐，理论上都是违法行为。浙江是盐的产地，同时也是盐的集散地，自然私盐买卖十分猖獗。在这里，人们都是共犯者，且连带意识十分强烈。不过，这种连带意识被进一步强化则是“吃菜事魔”这一宗教。

包括日本的天主教，只要有过被镇压经历的地下宗教，为了保护自己的组织都会付出各种努力。因此，不能不说“吃菜事魔”的团结力和出色的组织与走私盐生意之间存在着千丝万缕的联系。

由于大家都去购买私盐，政府的税收自然无法增长。因此，强行取缔私盐买卖势在必行。显然，对普通民众而言，这种取缔无疑又是对他们生活的另一番压榨。当压榨达到极限，引发一场造反也就变得顺理成章了。

如前所述，北方的梁山泊以侠义为核心，南方的方腊则以宗教为核心。单就造反而言，源自共犯者意识的连带关系理应得到进一步强化，那么侠义和宗教这两种助剂究竟哪个更有效呢？

从《水浒传》故事的脉络来说，它判定侠义一方取得了胜利。但果真如此吗？史实告诉我们，两者是不可能相遇且拼死一战的。故事中，是作者让北方的侠义取得了胜利。也许，这部分内容对作者来说，相比百姓的欢呼，可能更在乎自身的士大夫阶级意识吧。

目前，我正筹备写一部小说，正在查阅清末太平天国的资料。导致大清朝根基发生动摇的这场大动乱便是在天主教（他们称之为拜上帝会）这一宗教和天地会这一任侠团体相结合的基础上，于广西金田村揭竿而起。

就像宋江和方腊那样，他们并非敌对关系，其造反始于双方的共同事业。由于两者立场相同，所以若在太平天国内部对双方品头论足，的确不是一件容易的事。但是，有一个比较方法，即观察两者中谁最早偏离彼此的共同事业。结果，与天主教信徒相比，你会发现任侠团体的成员们早早地偏离了彼此的共同事业。对于偏离的理由，当然有很多。比如，在初期的战役中，任侠团体“天地会”的干部过早战死。于是，造反的主导权自然就落到了信徒一方，这对天地会的人来说，一定会很不满吧。另一方面，从造反队伍的纪律看，当然是宗教信徒的队伍更为严格，而天地会的队伍过于散漫。再加上无法忍受造反后生活的艰难，投降政府的人中，也以天地会的人居多。

根据太平天国这一实例，如果是我，反倒很想让方腊一方获胜。这并不是宗教和侠义的比较，而是一个拥有一贯理念的组织与一个充斥松散气氛的集合体的比较。

遗憾的是，方腊虽然拥有理念，但缺乏计划性。因此，他的理念最终没有成就他的抱负。据说，曾有人劝他占领南京，并在那里建立革命政权，然而他却摇头说：“吾区区一介草民，何来掌控天下之气魄。且今天下吏治腐败，民不聊生，举兵造反实乃无奈之举。”

可见，这与梁山泊士大夫阶层的想法还是相当一致的。从宋江等人的造反结局来看，落草梁山泊实属无奈，因此并没有想过建立革命政权。倒是李逵、鲁智深、武松等没有接受过所谓正规教育的人，会时不时地喊出“杀了皇帝老儿，取而代之”的口号。

《水浒传》的作者依据战争的胜败，将胜利送给了宋江。但是，若换一种思路去想，描写方腊战斗到最后一刻都没有投降，难道不是作者于冥冥之中宣告方腊一方的获胜吗？也未可知。

作者又何尝不是在惋惜，假如方腊既有抱负又有计划性该多好。然而，方腊等迫于事态而仓促决定造反，恐怕也无法苛求所谓周全的计划性吧。就造反的时机来说，恐怕也更没有充分的选择余地了。从结果看，应该说方腊等众人是在最糟糕的时期揭竿而起的。当时的北宋正在准备与北方辽国的战事，已任命宦官童贯统领大军，并下达了北伐的总动员令。讨伐大军整装待发，只是尚未踏上征程而已。恰在此时，方腊揭竿造反。对朝廷而言，无需重新召集征讨大军，已做好战斗准备的大军就集合在首都附近。因此，北宋朝廷只需将准备北征的大军掉头进行南征即可。

1974年我游访过杭州，曾去过耸立在钱塘江畔的六和塔。因为《水浒传》的英雄豪杰花和尚鲁智深就死在这里。那时，正好日本《周刊朝日》杂志连载我写的“水浒传”刚刚结束。所以，我内心有一种莫名的感慨。为了附和杂志的页数，我的连载也是在第七十回的地方搁笔，与梁山好汉挥手告别没有多久，一想到我的读者，他们也许很想知道梁山好汉后来的故事，于是便冒出了和读者分享六和塔有感的想法。那次旅行归来，我写下了《在六和塔想起 < 水浒传 >》《仰视之塔》等数篇文章。它们都收录在我的随笔《思兰寄怀》（德间文库既刊）一书中，算作我拜访《水浒传》梁山豪杰终焉之地的一份汇报吧。

在六和塔死去的梁山好汉不过数人而已，或许将此地称为《水浒传》诸位豪杰的终焉之地有些牵强。但是，抓住方腊的鲁智深就死在该塔。那么，让头等功臣的花和尚死在这里，难道不是作者献上的一份敬意吗？不管怎样，故事在这里结束了。如果有人说，把这里当做英雄豪杰的终焉之地有些语病的话，那就改成故事的终结之地也无妨。总之，拥有十三层、敦实厚重的六和塔是一座高六十米的巨塔，是一座让我深陷伤感的巨塔。

浙江，特别是杭州湖畔一带有很多塔。其中，这座六和塔和西湖湖畔的雷峰塔曾并称为名塔。之所以用了“曾并称为”这一过去时，是因为六和塔依然耸立，而雷峰塔则于1924 年倒塌了。

从遥望雷峰塔的西湖到《水浒传》所说的六和塔，坐车大约需要二十分钟。那雷峰塔已然从地面消失，据说倒塌的原因是当地迷信的居民深信，只要拥有一块雷峰塔的砖便可从此富贵。就这样，塔砖被人们你一块我一块地偷偷取走。当然，取走高处的砖绝非易事，结果岁月流逝，被取走的多半是底层的砖。于是，某日突然之间雷峰塔倒塌了。当你知晓这倒塌的原因之后，结果是不言而喻的。塔的基础部分早已被掏空，原来该倒塌的自然是要倒塌的。说到雷峰塔的倒塌，鲁迅先生有一篇著名的文章，不妨拿来读一读。

我认为，六和塔相比雷峰塔更具安定感。其塔身虽然是砖结构，但塔身周围却由木结构包裹。尽管木结构也有被烧毁的时候，但随后仍会从外面用木结构进行包裹。塔砖从一开始就没有裸露，而是由很厚实的墙壁围绕，即便有迷信咒语的蛊惑，那塔砖仍是想拿也拿不走的。不仅如此，这六和塔原本只有九层，后来改造为十三层。由于层与层之间变得较为矮小，六和塔反倒给人十分敦厚的感觉。不过，若认真观赏你会发现，它还给人一种十分严谨、精致的感觉。

联想到花和尚鲁智深就死在这里，我总会有一种感觉，这六和塔与鲁智深十分相像。在京剧舞台上，巨汉鲁智深总是胖胖的。我想，《水浒传》在舞台上上演过无数遍，恐怕没有人见过身材苗条的鲁智深登台亮相吧。西安因三藏法师而闻名的大雁塔是一座高六十四米的巨塔，其规模大小与六和塔基本相同，只不过该塔是正方形，给人十分简约的单纯美感。而六和塔是八角形，各层的塔檐均向上翘起，给人怒发冲冠的感觉，这也是让我把六和塔与鲁智深进行联想的缘故。

六和塔的前面是钱塘江，当杭州湾的大潮与钱塘江江水相遇，就会产生巨大的海潮。这便是有名的“浙江潮”。当年鲁智深听到这海潮的怒吼，顿悟自己的死期将至，于是静静地燃上一炷香，盘坐于禅床之上安然谢世。一个曾经放荡不羁的和尚以这种圆寂方式结束自己的一生，也只能说实在是出乎意料之外。不过，直到最后仍不失一颗童心的鲁智深，或许其一生足以和高僧并论了。

钱塘江的海潮有季节之分，我去的时候没能赶上撼天动地般的“浙江潮”。

就在二十世纪初，一群年轻的内心燃烧着革命火焰的中国留学生于东京创办了一份机关报，取名为“浙江潮”。同是“浙江潮”，它既能让鲁智深顿悟死期的到来并坦然迎接死亡，也能点燃二十世纪的中国年轻人，那份震撼让我无法忘怀。一个是寂静地死去，一个是高昂起斗志对生的索求，看似截然相反，或许其深层有着某种必然联系也未可知。

据说，“六和”——身和、口和、意和、戒和、见和、利和是六和塔名称的由来。六和寺的历史十分悠久，六和塔修建于宋代开宝年间（968—976）。后来该寺改名为开化寺，但塔名始终未改，沿用至今。

《水浒传》中的英雄豪杰，不只是花和尚鲁智深死于六和塔。宋江等讨伐方腊之后，正打算凯旋返京，豹子头林冲因突患中风只得留在六和塔。行者武松为了照看林冲也留了下来。这足可见武松是个重情重义之人。不承想，林冲于半年后身亡。武松在林冲病逝之后并没有离开此地，而是到寺中出家，尽享天年直到八十高寿，算是快意逍遥了。此外，病关索杨雄和鼓上蚤时迁也是病死在这附近。

还有，混江龙李俊、出洞蛟童威、翻江蜃童猛等拒绝凯旋返京，他们决定到海外闯一闯。于是，他们前往“化外国”，李俊后来成为暹罗国的国王，这都是后话，顺便提一句。

当然，喜欢长篇故事的百姓们自然很想知道他们闯荡海外的故事，于是数百年之后的明末清初，一位名叫陈忱的人撰写了《水浒后传》。最近该书在日本也被翻译出版了（单册，由平凡社东洋文库出版）。故事的主人公当然是李俊。

目前，由人民文学出版社出版的《水浒传》是七十一回的版本，大概接待我们的旅行社导游也只读过这个版本，所以故事最后有关六和塔的章节他似乎并不知道。

从六和塔眺望远方，可见钱塘江的江口，那里有一座铁桥。虽然南京或武汉也有横跨长江的大铁桥，但都是解放之后建造的。唯有钱塘江这座长长的铁桥是解放前建造的。值得一提的是，解放前的大型铁桥多半出自外国人之手，但钱塘江大桥却是中国人自己设计、施工的一座铁桥。在六和塔前面的空地上，旅行社导游的“介绍”也主要是围绕这座铁桥。因为有了建造这座铁桥的经验，所以才有了南京和武汉的长江大桥。但遗憾的是，《水浒传》的故事竟只字未提。

没错，钱塘江大桥无疑是中国人的骄傲，但相传数百年之久的《水浒传》故事所给予中国人心灵上的高昂和荫翳，以及生活上的丰富多彩却是不该被遗忘的。与中国同文的国度日本，不也同样如此吗？我仰望六和塔，凝视着钱塘江，久久不愿离去。

1979 年 4 月 学研《世界文学全集 43》

鱼生的诗篇——中日食物比较

最近，杂志上连载我的《秘本三国志》。为了这部长篇小说，我花费了三年时间阅读陈寿的《三国志》和其他各类书籍。虽说是三国志，但故事要从后汉末期开始，所以连范晔的《后汉书》也需要认真仔细地阅读。因为这些书中藏匿了太多有关《三国志》人物的各种奇闻轶事。

就《后汉书》整体来说，这是一本很古板的书。但当中的列传，诸如《方术传》等却十分有趣。方术指的是那些不可思议的技能，从幻术、魔术、戏法到医术均囊括其中。就连世界上最初实施麻醉手术的名医华佗的故事也包含在《方术传》里面。

曾有个姓左，名慈，字元放的人物。那时，曹操还是司空（相当于副总理级别），因此应该是建安初年，也就是二世纪末的时候。一次，曹操设宴招待客人，对客人们说：“今天这个盛大的宴会该有的美味基本都有了，可惜单单少了吴国松江的鲈鱼。”

虽然说话的具体场所不得而知，但应该是洛阳附近吧。单单少了鲈鱼，其实这番话是曹操故意炫耀的。因为就当时的交通运输来说，从吴国（今天的苏州）运送鲜鱼到洛阳，要想保持鲜活简直是不可能的事。因此才会如此狂妄地说，除了像鲈鱼这种在当地无法买到的东西以外，全都有了。吴国的松江，说的是苏州东南连接太湖的河流。

但是，曹操话音刚落，坐在下面的左慈开口说道：“恕我冒昧，我可以弄到吴国松江的鲈鱼。”

不用说，曹操对此很感兴趣。随即问道：“从哪里弄来？”

“只要有盛满水的铜盘和鱼竿，就可以钓到鲈鱼。”

“这太有意思了，那就试试吧。”

左慈将上好鱼饵的鱼竿放入铜盘的水中，不一会儿喊了一声“呀！”竟钓上一条鲈鱼。曹操在一旁拍手称快，然后笑着说：“只有一条可不够大家吃的，还能多钓一些吗？”

左慈说了一声“遵命”，又钓上一条足有三尺长的鲈鱼。

书中记载：“……生鲜可爱，（曹）操使目前鲙之……”

曹操命人在他面前将鲈鱼切片做了鱼生[1]，并端给在座的所有宾客。但是，曹操又说：鱼虽有了，但是没有蜀地（四川）生姜，太可惜啦！

蜀地距离洛阳比吴国还要遥远。可左慈淡淡地说：那我去弄些来吧，请各位稍等片刻。说着，起身离开座位走了。

生姜不同于鲜鱼，是不易腐坏之物，也许附近商店就有卖的。于是曹操故意说道：如果你去蜀地拿生姜，顺便见一下我派去的使者，告诉他们要买的绸缎再追加两匹。

从洛阳到四川往返需要几个月的时间，而左慈不到半个时辰便拿着生姜回来了。此后，派出去的使者回来时，也的确多买了两匹绸缎。

半年之后，曹操因不喜欢这个左慈，决定把他抓起来杀掉，但左慈消失在墙壁中不见了。随后有人在集市上发现左慈，打算逮捕他时，突然发现所有赶集人的样子都变得和左慈一模一样，结果搞不清哪个才是真正的左慈。

这个怪谈十分有趣。但比起有趣，更重要的是《后汉书》的记述证明了生活在二世纪末的中国人在当时很时兴吃鱼生。

现在中国人已经不吃鱼生了，但从上面曹操和左慈的故

1　鱼生，就是现在通常说的生鱼片，或引进日语的“刺身”。而日语“刺身”泛指将生鲜鱼、贝类切成薄片后食用的菜肴。——译者注

事中可以得知，当时品尝鱼生的宴会还是相当隆重的。

表现鱼生的“鲙”字也写作“脍”。古代辞典《说文》是这样解释的——细切肉为脍。

其实，比曹操的三国时代还要早七百多年的公元前500年左右，中国人就开始吃鱼生了。“苍天不负勾践”的那位越王勾践就酷爱鱼生。勾践曾让厨师做鱼生，正吃在兴头上的时候，吴国军队来了一次奇袭。勾践一时惊慌失措，慌忙之中把来不及吃而剩下的鱼生全部丢入河中。当时他一定在想：虽然打不过，但这么好吃的东西怎能留给敌人。

传说，丢入河中的鱼生变成了小鱼。这小鱼就是“银鱼”。所以，在中国也将银鱼称作“脍残鱼”——剩下的鱼生变成的鱼。另一个名字也叫作“王余鱼”，意思是越王吃剩下的鱼。

不管怎样，细细的、白白的、略微透明的“银鱼”的确很容易让人联想到鱼生。

如此说来，春秋时期的鱼生一定切得很细。论语中有“脍不厌细”，意思是说鱼生切得越细越好。

美食可以让人感动。感动之人便会将感动融入诗中。古老的《诗经》中也曾有，甲鱼要制成羹，鲤鱼要制成鱼生的句子[1]。在曹操的儿子曹植的诗中，也有鲤鱼做成鱼生，胎虾（带虾子的虾）做成汤的句子[2]。

诗仙李白有一首《秋下荆门》的诗。出荆门南下，便可到达盛产美味鲈鱼的地方。

此行不为鲈鱼鲙，自爱名山入剡中。

剡中，就是现在的浙江省境内，那附近正是鲈鱼的盛产地。但李白却嘻嘻笑言：我此行可不是为了去吃鲈鱼鱼生的，不瞒你说，浙江那里的名山很多，我是去登山的，万万不可误会我呀……

这是两句诗的大意。在日本，一到冬季就会有人前往山阴地区或越前地区，但往往人们都会进行一番辩白说“才不是为了吃螃蟹去的，是去欣赏日本海的自然风光”。看来李白也是如此，到了不得不辩白一番的程度，足以说明浙江一带鲈鱼鱼生的名望有多高了。

宋代的梅尧臣（1002—1060）是一位在宋朝三百年历史

1　《诗·小雅·六月》：“饮御诸友，炰鳖脍鲤。”——译者注

2　曹植《名都篇》有“脍鲤臇胎虾，炮鳖炙熊蹯”之句。——译者注

上可排在前五位的大诗人。他有一首题为《设脍示坐客》[1]的诗作，其中部分意译出来，大致如下：

我家年轻的妻子磨宝刀，
刮鱼鳞时鱼鳍张开，好似要腾飞。
片片犹如云叶一样的鱼生落入盘中，
簇簇犹如白霜一样的白萝卜变成了细丝般的衣裳。
拿来楚橙拌入之后，那橙子的香气已飘到屋外，
客人及好友一下子涌进家中。
把孩子叫过来，让他去买去除鱼腥味的酒……

将白萝卜切成细丝，这肯定是吃鱼生时的菜码儿了。楚橙是湖南采摘的柚子。品尝鱼生时的酒，看来当时是用于去除生腥味的，所以原文说“沃腥酒”。

曹操和左慈的故事中使用的是蜀地生姜，这里使用的是柚子，仅从诗句看，并没有绿芥末出现[2]。

但不管怎样，有关鱼生的诗自宋代之后就再没有出现过。从中国人的整体饮食习惯推断，鱼生的消失大概发生在十二

---

1 《设脍示坐客》：“我家少妇磨宝刀，破鳞奋鬐如欲飞。萧萧云叶落盘面，栗栗霜卜为缕衣。楚橙作虀香出屋，宾朋竞至排入扉。呼儿便索沃腥酒，倒肠饫腹无相讥。”——译者注

2 绿芥末的学名为山葵，也称辣根。——译者注

世纪到十二世纪期间。其消失的理由也许只能推测了。

我猜想，元代或明代初期那段时间，曾爆发过一场很大的流行病，而生吃食物在当时被看成是流行病暴发的原因。估计那场疫情相当严重，以至于人们的恐慌心理造成对鱼生的敬而远之。

与此同时，让人匪夷所思的是，我们说的现代“中国菜肴”的兴起竟与鱼生消失的时期基本吻合。尽管这只是一种推测，但难道不正是从那时开始，煤炭便作为燃料被广泛使用了吗？至少，普及烧煤的确是从宋代开始的。能在持续的长时间里保持相同的火力是煤炭的一大特点。因此，用火来烹调菜肴的方法自然就很讲究了。说到这里，宋代曾烧制了很多精美的瓷器，有一种说法，认为这是因为烧窑的燃料用了煤的缘故。那么，我们似乎可以这样说，中国菜肴是与那玲珑的宋瓷一起诞生的。

中国菜肴的生命，在于把握火的大小、强弱。火的大小、强弱，在中文里叫作“火候”。这种说法，如同天气的状况称为天候或气候一样。强火，称为“武火”；弱火，称为“文火”，一看便知这是地道的中文表达方式。

始终把火候看作烹调生命的结果，使得所有食物都必须用火来加热就变成中国人的饮食原则了。曾经如此喜爱的鱼生，好像被遗忘殆尽。日本明治后期，来自中国的留学生越来越多，为了生意留在日本的华侨也越来越多。起初，他们对日本的鱼生（生鱼片）都无法适应。甚至会摇着头说，吃生的东西让人恶心，这种东西日本人居然也敢吃。更有甚者，说这是野蛮的吃法而极力否定。看上去几乎没有人还记得中国人曾经是多么喜欢吃鱼生了。

那么，鱼生真的在中国完全消失了吗？

当然不。几乎并不意味着全部。本来南方就是盛产鲜鱼的地方，所以鱼生的吃法在中国南方还有保留。但是在北方或内陆地区，说到海产品则多为干货或者腌制品。

刚才提到的梅尧臣在另一首诗[1]中有下面几句：

> 行庖得海物，
> 咸酸何琐碎。
> 久作北州人，
> 食此欣已再。

旅途用餐时，总算搞到一些海产品，但又咸又酸，味道太差了。不过，对于长期在北方工作生活的人来说，就算不是什么太好的海产品，吃起来，却依然无法掩饰那种兴奋。

1　指梅尧臣的《元日》。——译者注

这几句的大意应该是这样吧。

梅尧臣是安徽人，一定十分眷恋长江的鱼。可那是一个无法和现代冷藏保管及运输手段相比较的年代。尤其是故乡的东西，越是得不到当然就会越垂涎了。

一直没有忘却鱼生的地方，当然是中国的南方，尤其是沿海那些可以随时买到鲜活的鱼、贝类的地方。就我所了解的范围，广东沿海和浙江沿海以及宁波一带还有。

其他也有很特殊的例子。那就是在东北（指满洲地区）。不过这里的人不吃鱼生，而是会做鱼生的人很多。三十多年前这个地方一度被日本统治，侨居的日本人也很多。在那个年代，有很多人在日本餐馆、公司、机构、家庭等做烹饪学徒，所以他们当然会做鱼生。旅居日本的华侨回国到东北旅行时，就遇见过“给你做一道日本菜吧”，结果对方做了一道生鱼片（刺身）的故事。可见，尽管过去了三十多年，一旦学会的技巧是无法忘记的。

这是在我去东北旅行之前，从日本的华侨朋友那里听到的故事。朋友还说，生鱼片做得相当地道，但还是“总觉得缺少点儿什么”。究竟缺少什么呢，绿芥末。对呀，没有绿芥末的生鱼片的确糟蹋了菜肴的材料。大概会做生鱼片的厨师们，在三十多年前学会了生鱼片的制作方法，但他们学的是制作，而不是品尝，所以对绿芥末也许没有什么概念吧。

“你如果去东北旅行的话，一定要带上管装的绿芥末。”朋友这样提醒我说。

听从朋友的提醒，我带着管装的绿芥末去了。没想到却被北京的朋友笑话了一番，“要绿芥末的话，北京到处都有的”。按照北京朋友的话说，不清楚是蒙古族还是回族了，反正是某个少数民族的人，虽不知道是用在哪里，总之他们经常食用绿芥末，所以市面上有卖的。在中国，绿芥末也叫作“辣根”。

果不其然，在大连能吃到生的鲜虾，旁边真的就没有绿芥末。更令人意想不到的是出现在早餐上。“这是刚刚买来的清晨捞的虾，趁着新鲜吃吧”，就这样成为了早餐的一道菜。

东北是一个特殊的个例，但是否传承了制作鱼生的技术我就不得而知了。

海里的东西，能吃的被称作“海鲜”。鱼生也是海鲜菜肴的一种。关于宁波的鱼生，我只听说过，却没有吃过。在江户时期，宁波曾经是与日本长崎互通贸易时中国方面的集散地。这里在长崎逗留过、品尝过“刺身”的人一定不在少数。如果你阅读宁波或乍浦一带的日志就知道，当时街上销售着很多来自日本的海产品，街巷到处弥漫着浓郁的日本风情。海边的渔民之间应该还保留着吃鱼生的风俗，而去过日本的商人带回了“刺身”的记忆，这风俗和记忆在这座城市中完美地结合着。

宁波是古代的越国，会稽之地。卧薪尝胆的越王勾践曾在品尝鱼生之际，被吴王夫差打败，留下了“会稽之耻”。每当舔着悬挂的苦胆，勾践一定会想起那屈辱之日的鱼生吧。

勾践喜好鱼生，作为他的子孙，浙江人生性质朴，那鱼生又是如何传承保留下来的，想到这些就会令人好奇不已。

很遗憾，我没有吃过浙江的鱼生，只吃过广东的鱼生。

菜谱上有鱼滑这道菜，大概是因为广东鱼生淋上一层油的缘故，所以取“滑”的字意吧。有时候也会写着“凤城鱼滑”。凤城是广东的一个地名，指的是顺德县大良。

同样，吃广东鱼生也是没有绿芥末的。在日本，好像只有绿芥末才可以消除生腥味。因为绿芥末的辛辣味来得实在强烈。但是，这种单兵式的突如其来的味觉似乎并不符合中国的习性。在中国，即便是消除生腥味，也会使用一些带有芳香的植物，并在其中掺入诸如捣碎的核桃等各种东西。多的时候，据说能加入十几种我们感觉有“药味”的东西。消除生腥味什么效果最好，岂能简单地凭借一芥之力。因此，将带有各种各样药味的芳香物，适当地搅拌在一起，发挥其综合功效，这才是中国式的想法。如此说来，仅凭一个绿芥末的强烈辛辣消除生腥味的简明做法，仔细一想，这的确很符合日本人的秉性。

我虽然推测中国鱼生的衰亡发生在明代初期，但人们对于鱼生的记忆当然不可能一下子消失。明代中期到末期的李时珍是写作《本草纲目》的大博学者，他在鲙鱼的章节这样写道：

> 凡诸鱼之鲜活者，薄切，洗净血腥，沃以蒜齑姜醋五味食之。

由此可见，在这个对鱼生仍保留记忆的时代，消除生腥的味绝非单一的，而是有五味。

明代，也就是十四世纪后期到十七世纪初这段时间，尽管仍有对鱼生的描述，但有关鱼生的诗篇已经没有了。安逸而平静地品尝鱼生的也只是海边渔民或他们周边的人了。或许民歌、民谣中还有鱼生的影子，但在诗作中已然没有鱼生出现了。因为那些谦谦君子的文人墨客已经不再垂涎鱼生了。

鱼生的诗篇，至梅尧臣、陆游而终结。从中国人的味觉考虑，我认为鱼生再次复兴的可能性并不大。但是，作为地方特色的一道菜肴，或许今后会在浙江、广东的海滨一带盛行吧。按照我个人的想象，假如有一天广式鱼生再次流行的话，说不定是在日本。那时“中国风味刺身”在日本占有一席之地，将不再仅仅是梦想了。

在刺身上浇一层油，这对日本的食客来说或许很难接受。但是，反过来琢磨一下，当然也会有“不用油岂非异常”的想法。

用人类学家的话说，日本与其他地区饮食生活的不同之处在于这个地球上日本的饮食习惯是绝无仅有的，即完全不使用植物油。而诸如“天妇罗”等菜肴，其词源来自葡萄牙语，因此在日本料理中应该算是新菜肴了。除了天妇罗，可称作日本料理的均可以不使用一滴植物油来烹饪，难道这不算异常吗？兴许浇上油的做法才是标准的。

我想，咏唱中国风味鱼生的诗作在日本得以传唱的日子总会到来的。

1976 年 12 月《周刊朝日》

味觉漫谈

找我写有关味觉的文章这已不是第一次了。原想，味觉因人而异的成分实在太多，只要把自己独有的感觉表现出来即可，因此自以为落笔成章。可谁承想，每次应允之后承受的那份折磨竟苦不堪言。记得与谢野晶子[1]曾对众弟子说过，若想在曲中咏唱出味觉那是极难的事，最好敬而远之。想来，的确如此。然而，明知要受尽煎熬，我却于不觉中应邀写了多篇有关味觉的文章，也许这算是一种挑战吧。总而言之，无须考虑普遍性，可以堂而皇之地将个人偏见强加于他人，应该是描写味觉的魅力所在吧。

连自己都不曾想过，居然会答应以点评的方式来比较日本关东、关西两地的味觉。后来知道，好像因为我是外国人

1 与谢野晶子（1878—1942），日本的歌人、作家、思想家。——译者注

的缘故，似乎如此一来我的点评就会显得很公正。可话说回来，我是外国人这没错，殊不知我一直生活在神户，好歹也算是地道的关西人,这恐怕要让期待公正的人们大失所望了。

尽管如此，我觉得只要明白“味觉即偏见”的道理，迎难而退倒是大可不必。

如今日本的东、西味觉差异正在迅速缩小。仅就东京和大阪这样的城市而言，若言其差异甚微也未尝不可。但江户时期的关东和关西，可以肯定在味觉上存在巨大的差异。

交通的便利让食材的物流变得十分快捷，这或许也是味觉差异缩小的重要原因之一吧。我想，久居某地，人的味觉就一定会被该地区的食材所左右。例如，在不出产松茸的地区，松茸料理应该谈不上好吃，因为与其说是烹饪松茸特有芳香的技术问题，不如说恐怕连烹饪松茸美味的感觉都找不到。

我住在神户的六甲山脚下，一直饮用的是井水。井水是从十几米深的岩石下面用泵打上来的“岩清水”，也是我一直引以为傲之事。然而，某日亲戚家的孩子在我家喝了这水之后说：“二伯，这水太奇怪了吧，不像是水呀。”

这孩子从一出生就喝带有漂白粉味道的水，所以长大后，水对他来说就是这个味道。即便是好喝的水，于他而言都会觉得味道奇怪。孩子撇着嘴说出的“奇怪”，其实就是想说“难喝”，这的确是童真才有的表现。

但是，喜欢登山的人或喜欢钓鱼的人，也就是常喝山中溪水的人们则对我家的水大为赞赏。因为他们知道岩清水的美味。

在“难喝”一词中，往往隐含了“不习惯”的意思。对于不习惯的事物，无论是谁都会抱有戒心。更何况是放入口中之物，那是相当需要勇气的。因为当心理已经充满戒备时，人们的味觉除了舌尖的感觉之外，还会夹杂精神方面的因素。

常听人说，喜欢奶酪的人，往往最初并没有那么喜欢奶酪，而是在吃的过程中慢慢喜欢的。这实际上也是个习惯问题。在众多食物中，总会有一些味道很独特的东西，而让人去习惯独特的味道似乎并不是一件容易的事。我曾听喜欢吃生鱼片的外国人回忆道：“开始的时候，确实无法接受松茸的味道。”松茸是季节性的美食，由于价格昂贵，请客一方肯定是把松茸当作特殊美食端上来的，何曾想过对方竟是紧闭嘴唇、皱眉挤眼的吃相呢。还听说过，外国人虽然也爱吃生鱼片，但却有不少人觉得日本的“泽庵腌”[1]味道怪异，很

1 中文也译为“泽庵渍”。一种用白萝卜腌制成黄色的萝卜咸菜。——译者注

难下咽。的确，即便自认为是“很香的味道”，有时对方却认为味道怪异。

我在想，曾经的关东“城里人”与关西“乡下人”之间的嗜好偏差大概和现在的日本人与外国人之间的嗜好偏差很相似吧。不对，应该说比现在的嗜好偏差要大得多才对。

假如某地并不出产某种食材，那么与其说对该食材感到陌生，不如说根本就没见过更为准确。但现在则不同了，想要的东西可以马上拿到手。因为现在餐厅的食材有相当一部分是空运来的。

如今，下关[1]的河豚或五岛[2]的鲍鱼以及北海道的毛蟹均可直接空运到东京，这是再普通不过的事了。不仅日本国内如此，就连中国长江下游作为“醉蟹”原料的上海大闸蟹，也可以直接空运到日本。没错，对今天居住在大城市的人来说，所谓陌生或没见过的食物已经日渐稀少。

我认为，日本人的味觉在第二次世界大战中经历了一次国际化的洗礼，那些被派往战场的士兵对食物是不能挑三拣

1　下关，指位于日本山口县西侧的下关市。这里的河豚料理在日本最有名。——译者注

2　五岛，指位于日本长崎县西部的五岛列岛，是日本最著名的鲍鱼产地。——译者注

四的，而且多半食材也是就地解决的，所以对他们而言，肯定遇见过很多陌生的食材吧。战后，日本在国际交流频繁的年代又接受了一次国际化的洗礼。一般百姓开始大量走出国门，尤其是接触中国菜肴的机会越来越多了。

在日本，同样是中国人经营的中华料理店，战前与战后就发生了很大变化。战前的中华料理，绝大多数已十分贴近日本人的味觉。而战后的中华料理，虽不能说完全不贴近日本人的味觉，但与战前相比，已基本不需要刻意关照日本人的味觉了。这些应该算是日本人味觉国际化的另一个理由吧。

从整体来看，日本经过两次味觉的国际化洗礼，似乎会给人一种感觉，即事到如今还有谈论所谓关东与关西味觉差异的必要吗？实在是毫无意义。

时过境迁，不仅食材互通，人口也出现了大规模的迁移。以往少见多怪的，如今已见多不怪了。当你走在东京的街巷，耳边传来的关西方言已然不绝于耳了。

政府与大企业的人事调动规模一年比一年大，就连关西地区也增加了不少关东人。这种类似民族大迁移的人口迁移在经济高速发展时期尤为突出。

众所周知，一旦人口出现大规模迁移，为了满足众生的生活需求，与他们的味觉相呼应的不同风味的餐馆也会随之增加。据描写中国北宋（960—1126）首都汴梁（现在的开封）风俗的《京东梦华录》所记载，当时的汴梁就已经有“川饭店”和“南食店”了。川饭店，自然就是四川餐馆了；南食店，指的是江南地区苏州或杭州等地的餐馆。因为是首都，自然汇聚了各个地方的人。喜欢麻辣的四川人当然最思念家乡的菜肴。但首都在河南，且这里是面食地区，而喜欢大米的江南人，若用餐时没有米饭就会觉得没有吃好。所以，在首都出现这样的餐馆应该是再自然不过的了。而这些餐馆对首都的饮食生活多多少少都会产生一些影响。例如，以馒头为主食的北方人知道了米饭，也就意味着吃米饭不再是陌生的风俗。恐怕南方的烹饪技法也随之传到了北方吧。

可以肯定，即便是日本的现代化大都市也一定存在上述这种交错混杂的现象。

好了，回想着在东京吃过的各种美食，我提笔开始思考“江户的味道”。但是，一个疑问随之而来，难道在东京吃过的美食一定就是江户风味的菜肴吗？其实，东京的关西料理店也蛮多的。有的明确在招牌上写着“关西风味”，但也有不写的。往往吃过之后你会发现关西风味的餐馆竟不在少数。

在关西也是一样，有些店铺会打出“江户前”[1]字样的招牌。只不过，与东京的“关西风味”店铺所占比例相比，关西地区的江户风味餐馆则要少许多。于是，有人据此认定还是关西风味占了上风。很可惜，这结论未免下得有些早了。至少住在东京的关西人要远远多于住在关西的关东人。由于人多，自然适应他们舌尖味觉的餐馆也就多，这是谁都能想到的。

曾问过关西的年轻人，如何看待所谓的“江户前”？——“食材，就像东京人有精气神儿一样吧。”这回答着实令我吃了一惊。

东京人有精气神儿。其本意应该是形容食材很新鲜的说法，似乎与关东风味没有多大关系。

按理说，如今非要在关东和关西之间就味觉分出个高低，确实意义不大。但在众人仍觉得两者之间尚存微弱差异的今天，若能将它们完整记录下来，哪怕是留给后人以备参考，倒也不是一点儿意义没有吧。

在用餐消耗的时间上，虽然有不少例外，但一般而言似乎关西较长而关东较短。在我看来，这多少反映了关东与关西的性格差异。或许可以这么说，关西人更具唯美之性格，

1　指江户风味，或江户派、江户式等。——译者注

而关东人则更具克己之性格，你不觉得吗？

江户曾是武士和工匠的城市。两者都有需要拿出威严气势。无论是武士道还是工匠修炼手艺，都有寡欲苦修的一面，若将其修炼看作“最高境界”，那么岂有只顾吃饭的道理。因此，在江户若将吃饭之种种奉若高雅，那是要遭到耻笑的，也是不配做江户人的。如果真是这样，关东人用餐时间较短也就不难理解了。

京都曾是三公九卿和僧人的城市，而大阪则是普通百姓的城市。在这里，端庄与矜持反倒被敬而远之。关西人多是唯美主义者，虽然对利益表现得十分敏锐，但也有沉溺于非本职工作的倾向。若将他们看作享乐主义者，那么关西人用餐时间较长当然也就不足为奇了。

手握寿司，原本是关东的食物。传说，手握寿司在关西地区被一般人所接受是明治维新以后的事。在此之前，关西地区说到寿司均是指“模压寿司”。对他们来说，将寿司材料放在手握出来的米饭团上，总有一种忙碌之人才会这样做的感觉。据说，三明治就是由热衷于赌博的某人发明的，可以一边吃饭一边赌博，两不耽误。如此看来，一只手拿着食物，而另一只手空闲着，这显然是对用餐不够重视的表现。不过，这的确很符合用餐时间较短的关东人的性格，这种用餐方式大概也只有关东人才能想得出来吧。

同样是手握寿司，关西地区定会在米饭中加入不少入味的材料，而关东地区则基本不添加什么味道。在白米饭中添加味道,这对看重寿司材料的关东人而言岂不是反客为主吗。可见，无论对白米饭还是对寿司材料，都会让人觉得关东人的讲究的确十分执拗。

制作模压寿司是需要工具的，吃的时候也是要用筷子的。而手握寿司是赤手制作，吃的时候也是用手拿着吃。所以，若从野性的角度来说，不得不说关东地区更胜一筹。但是，从寿司材料的丰富程度以及食材的质量来说，到底还是关西地区一枝独秀。因为相比在东京湾和九十九里滨、三河等地捕捞的鱼类来说，毕竟濑户内海的鱼要鲜美得多。错了，应该说曾经鲜美得多，这里用“过去时”才对。因为随着濑户内海沿岸工业的开发和利用，那里至今仍遭受着污染。

关东寿司店里曾经有的，而关西寿司店里早已不多见的大概当属虾蛄（俗称皮皮虾）了。这里我还是用了“过去时”，因为现在东京的寿司店里也极少见到了。虽说有减产的原因，但终究还是污染的缘故。自从手握寿司由东向西，席卷了关西地区，在关西的寿司店里依然很少见到虾蛄的身影。这并非捕捞的问题，濑户内海有相当多的虾蛄。那为什么极少用虾蛄作为寿司材料呢？为此我询问过很多人。

有一种说法认为：虾蛄看上去过于粗糙，长得不够精致，所以很难喜欢它。

的确，穿戴一副农家护院的盔甲、端着肩、不怒自威的虾蛄，看上去很不招人喜欢。可话说回来，关西有不少喜好奇食怪味之人,应该不至于因虾蛄的一副模样就免开尊口吧。

也有人这样解释：关西又不是没有其他寿司材料。

这意思是说，关西的寿司材料种类繁多，还轮不到虾蛄。反之，若关西的寿司店里出现了虾蛄，则几乎可以肯定那一定是最美味的虾蛄。的确，关西的寿司材料太丰富了，若不是上等的虾蛄,岂能用来做寿司。遗憾的是,虾蛄的产量少了,且虾蛄寿司还在不断高级化，谁能预料将来又会如何呢。

还有人这样说：说到底，还是个人喜好不同。

如果非要这么说，似乎比较关东与关西味觉的关键就要取决于对虾蛄的态度了。这样一来，以笔者愚钝的分析能力，恐怕就难以胜任了。

就海产品而言，关东地区极少见到的应该是海鳗。好像在日本以东海域其产量极少（在东北、北陆捕捞的所谓海鳗多是指康吉鳗）。尽管如今运输越来越便利，但在东京仍然很难吃到海鳗。

我以为，单就海鳗而言，与其说喜好有所不同，恐怕问题还在于烹饪方法吧。海鳗有很多小刺，处理起来的确很麻烦。这是一件既费时又费事的工作，对急性子的关东人来说，实在是着急上火。而在关西的后厨，你只有学会了剔除海鳗的鱼骨，才算真正出徒。也就是说，在关西做厨师要具备更大的耐心。

关东地区有一种“立场料理”[1]，就是在河边或菜市场等附近搭建一个站着吃饭或有简易座椅随意吃点儿东西的地方。在这里，吃的人很随意，提供食物的人也不会那么郑重其事地招待客人。因此，像烦琐到需要剔掉鱼骨的海鳗，自然是被拒之门外的。

正如京都的祇园祭被称作“海鳗祭”那样，这是关西地区开始捕捞海鳗的季节。我曾以为，作为夏季美食，将梅果醋等浇在切成薄片的冰镇海鳗上，东京人也一定会垂涎欲滴的，可令我费解的是这种吃法直到现在仍仅限于关西。

说来说去，对关东味觉的点评似乎令人十分纠结。但是，就烹饪方法而言，高超的烹饪技巧关东并不比关西少。例如，蒲烧鳗鱼就是最好的例子。抹上酱汁烤出来的鳗鱼称为蒲烧

1　日语“立场料理”。这里的“立场”指过去体力劳动者的歇息场所。——译者注

鳗鱼。在关东地区，抹酱汁之前要先把鳗鱼蒸一下。关西地区则不蒸，而是直接抹上酱汁进行烧烤，因此关西地区的蒲烧鳗鱼会让人感到脂肪过多、油腻。两者比较，还是江户风味的蒲烧鳗鱼更胜一筹。

鳗鱼属于无鳞鱼，其鱼腥味很重。话说中国的鳗鱼料理，通常是先用生姜和其他香料去其腥味，或拌入料酒和酱油之后上屉蒸熟，没有蒲烧鳗鱼的做法。蒲烧鳗鱼应是日本独特的做法，但其做法从何时开始却无从查证。

“苦夏消瘦之进补，可食鳗鱼。”这是大伴家持在《万叶集》中吟咏的一句和歌，但如何食用鳗鱼，《万叶集》并没有告诉我们。

蒲烧鳗鱼在抹酱汁之前先蒸一下的做法其实并不久远，据说始于宽政末年，算起来还不到两百年。当然，这只是江户地区的料理改革,因为关西地区至今都不会事先蒸一下的。

日本各地都出产松茸，但上乘品质的松茸却产自关西地区。像松茸这样以香气为生命的东西，就从前的运输条件而言，要运往江户想保持新鲜怕是极困难的。所以，单就食材而言，关东是不如关西的，松茸就是很好的例子。不过，在“土瓶蒸”里面放入松茸和鳗鱼，恐怕只能是关西地区的味觉了。

关东地区不出产上乘品质的松茸，或许是土壤的原因吧。

就连同样生长在土里的竹笋也是关西地区的好吃，这的确是关东地区味觉方面的最大缺憾。松茸以京都稻荷山的最为有名，竹笋则以山城地区的最优。

一般可用开水去除竹笋的苦涩味，但山城出产的上乘品质的竹笋即便不用开水焯也吃不出苦涩味。其实，这种苦涩味既是竹笋自带的一种“毒素”，同时也是竹笋美味的核心所在。去除苦涩味的同时也等于丢掉了最美味的部分，这实在让人有点儿不知所措。但关西的厨师则恰恰会在这微妙之处下功夫。而纵观关东的食材，像竹笋等这类醇厚香味的菜肴却不是很多。或许正因如此，才导致大家都会认为关东厨师做的菜肴不够细腻吧。但凡事不可一概而论，说不定这反倒是关东厨师的某种特色呢。

对于人们时常提及的“关东方言与关西方言的区别”，我一直持有“其区别与味觉相通”的观点。关东方言可谓发音清晰而易懂，关西方言则要婉转得多。关西方言虽然听起来十分悦耳，但也有让人难以琢磨的时候。就菜肴而言也是同理。关东的味道属于那种入口便知其味、直截了当的味道，而关西的味道则属于那种需要放在舌尖细细品尝、略加思索的味道。

关东的烹饪，追求的是一个明快。当需要甜味的时候，就会理所当然地使用白糖。大概有不少人喜欢这样吧，但我对东京料理的那股“白糖味”实在不敢恭维，敬而远之也不止一次了。关西的烹饪，则追求即便不用白糖也能烹饪出甜味。这样说虽显得有些啰唆，但的确如此。就拿乌冬面的汤料来说，在东京会很自然地使用酱油，而在关西的乌冬面馆，如果你使用酱油那可就大失水准了。

就人的性格而言，早有定论认为，关东地区属于坦率、果敢型，关西地区则属于坚韧、难缠型。话虽如此，但仅就味觉而言，却是关西清淡，关东味重。有人对此十分费解，不过依照常理仔细揣摩一下，反倒是容易理解的。

性格坦率之人，必定偏好简单易懂的事物。比如绘画，浓墨重彩的画卷容易看懂。味道也是如此，味重的菜肴口感清晰明了。用白糖和咸盐来直接表现甜的和咸的，令人心悦诚服。

相反，对性格坚韧之人来说，过于直截了当的味道吃起来总会觉得缺点儿什么。

如前所述，味觉即偏见。从烹饪菜肴一方来说，偏见即武断。但我想强调一点，对这里的所谓“偏见”或“武断”读者大可理解为褒义的词汇。

当一切事物都是简单易懂的时候，事物之间也就无须存在缓冲的空隙。那么，无须遮掩的偏见便可强加于人。而委婉则多了思考的机会，环顾四周，可明晓各种事物的存在，即便是等同意义上的偏见,其缓冲的空隙岂不是更为宽泛吗?

早在明治之前，关西地区通过大阪的堺或九州的长崎就已开始贴近、触摸来自异国他乡的东西，包括饮食生活在内——“原来这世上，除了属于自己的东西之外还有另一个丰富多彩的世界”。

倘若能这样想，你便会萌生对他人的宽容，偏见也会随之淡薄。

现在东京稍大一点儿的高级餐厅基本都是关西风味的。不言而喻，这一定得益于关西风味餐厅对味觉的态度，即从不强加于人——“除了我这里，其他都称不上美味”，倘若如此强加于人的话，喜欢这味道的人自然没有问题，但不喜欢的人终是不喜欢。于无奈之下便会提出“可否再清淡一些”。面对请求，有人会沉下脸说：“没事吧你，你说的菜肴没人能做！”当然，这类餐馆定是无法扩大规模的。那么，持有相同偏见的店铺，只剩下熟客也就不足为奇了。

东京人的备餐方式属于比较死板的那种。就拿（日式）牛肉火锅来说，东京一般的餐馆基本都会给客人拿出店里调制好的火锅底料（汤）和“佐料汁”。意思是味道已经给您调好了。那画外音分明就是，若不喜欢，请去别的店吧。而关西的（日式）牛肉火锅店则是直接将清汤、酱油、白糖、甜味料酒等交给客人，由客人根据自己的喜好调制。据说，到东京发展的关西牛肉火锅店也必定会依照东京的方式准备好调制的“佐料汁”。毕竟，东京的食客已经习惯了这种“死板”的方式。

江户的味道，既有固执的幽默性，也很有个性，但难免也有拒绝变化和进步的倾向。而关西的味道，则是根据食客的喜好在不断变化。当然，因来者不拒的接纳与包容，有时莫名其妙的味道也会十分唐突地出现。

江户时期有一种名曰“大名料理”的酒宴，当然这是与普通百姓无缘的高级酒宴[1]。因其烹饪过程尽显奢华，所以高超的烹饪技术也因此孕育而生。不难想象，当专业厨师深得烹饪要领之后,将部分手艺扩散到普通百姓之中也是可能的。

中国有一句谚语:“三世长者知被服，五世长者知饮食。”意思是说，只有持续三代的富人才可能懂得穿戴的讲究；对

---

1 “大名料理”现已失传。当时的酒宴，每上一巡菜要喝三杯酒，因此一般酒宴只上三巡菜。“大名料理”为十七巡菜。席间还有用各种山珍海味烹饪的七巡煲汤，另有核桃、栗子、柿子、松仁等特制的甜点。可见其奢侈程度。据说，普通酒宴的三巡菜，第一巡有鸡肉以及鸡杂等炖菜；第二巡是鲍鱼等；第三巡是鱿鱼、章鱼等。——译者注

饮食之物的好坏，若不是持续五代的长者又怎能明白。据说，这是魏文帝（曹丕）所言。假如真是这样，那么我等对味觉又有什么资格说三道四呢。

衣服，需要有看见它，并认为“十分得体”的“他人”来点评，但饮食则只需要自己感觉良好即可，是不需要“他人”点评的绝对偏见。就算是王侯贵族的美食，庶民仍会遵从自己的意愿去感悟味觉。

都说京都人因穿而死，大阪人为吃而亡。那么依照曹丕所言，似乎大阪的吃要比京都的穿更胜一筹了。

大阪也是日语“食道乐”[1]的城市，即很讲究吃的城市。从字面理解，与日语“食通”[2]即美食家还是有些微妙区别的。对我来说，提及“食通”反倒会联想起江户。经常以自己很在行、很精通某事而窃喜，这正是东京人的气质。

所谓“食道乐”，说的是追寻美食并探究美食的意思。只要听说东边有好吃的，就会飞奔向东，听说西边有妙不可言的甜点，便要登门品尝，正所谓“食之道乐”。如此一来，

1　日语“食道乐”与现在大家调侃的“吃货”意思很接近。原意是以讲究吃、嗜好美味以及稀奇古怪的食物为爱好的业余美食家。可以理解为“食之有道，不亦乐乎”吧。——译者注

2　日语“食通”，即对各种菜肴的味道和知识均十分通晓的美食家。——译者注

探寻美食的地域也就越来越大。

所谓“食通”则与之相反，前往的地域范围很小。吃寿司只认甲店，吃天妇罗只认乙店，吃烤鸡串只认丙店，其他的都难入法眼。如此限定自己的就是所谓“食通”。如此这般限定自我，追寻美食的地域范围自然受到制约。

“食通”还有一个固执的概念，他们不仅对光顾的店铺很挑剔，就连烹饪方法和用餐方式也十分挑剔。例如，甲食物不可烧煮，只能烧烤。乙食物仅限生吃。丙食物若不放生姜怎能食之。

但凡陷入某种执念，即武士、工匠的气质一旦附体，就一定会产生“食通”。而这里那里的到处打听“哪儿还有好吃的”，则是关西人的秉性吧，对此当然要用“食道乐”来形容才是。

味觉完全是个人的绝对偏见，所以那些孰优孰劣的综合评判终是无奈的结论。这里，我也只是将能想到的各种不同喜好如实描绘一番罢了，别无他论。

1976年《别册太阳》

牛论

在日本关西地区，只要提到“乌冬肉面”[1]或“盖浇肉饭”中的肉，那肯定是指牛肉。日式好烧店[2]的“烤肉”也一样指的是牛肉，如果使用猪肉的话，则菜名一定用“烤豚肉”。但是，日本关东地区提到牛肉的时候，则通常都要使用“牛”这个字。因此，类似“牛肉火锅”这样的叫法在关西地区是很少见的。

这样说，也许关东地区的人就会不满了，怎么提到日本的美味佳肴竟变成了“西高东低”呢？我虽然在关西地区长大，但绝非以自己的舌头作为标准来评判。事实上，我是征求了很多出生在关东地区的人的意见之后，通过客观判断得

1 日本乌冬面的一种。——译者注

2 如今通常按照日本汉字直译为“日式好烧”。做法类似烙饼，不是烘烤。面中以掺入切碎的圆白菜为主，或其他蔬菜等进行搅拌，摊在铁板上，上面放置猪肉或海鲜不等。——译者注

出的结果。

世界上没有例外的原则是不存在的。美味佳肴的所谓西高东低也有例外。猪肉就属于这个例外。关于猪肉，在日本总会给人一种感觉，即关东地区的猪肉就是比关西地区的好吃。因此，在关东地区提起“肉”总会条件反射一样的想到猪肉。而在关西地区，就会想到牛肉。正因如此，在关东地区才会刻意加上一个“牛”字，而在关西地区则要刻意加上一个“猪”字。

在中国，单说“肉”的话，通常是指猪肉。所以通常情况下，如果是牛羊肉，则需特别表示出来。也可以说是一种“猪高牛低”的现象吧。不过，在中国一般写“猪”，而不写“豚”，或者常用繁体的“豬”这个字。中文的猪不是日语里的“猪”，而是日语里的“豚”；而日语中的“猪”在中文里写作“野猪”。

代表居住的部首“宀”和代表猪的“豕”组成“家”字。大概猪曾经和人类一同生活居住过。宀的下面加个“牛”字为“牢”。这似乎说明在中国人看来，猪比牛更有亲近感。但是，祭祀天地的屠宰品被称作“大牢”，因而牛是供奉品的主角。

阅读史书可知，慰劳外国使节的时候常常会出现“赠牛酒”的句子。

意思当然是馈赠饮料和食物。但馈赠的肉以牛肉为多是肯定的。前来的使节即便是伊斯兰教徒，也不会冒犯忌讳，所以赠送牛肉是最保险的。但是在这个世界上，伊斯兰教作为宗教诞生之前，中国就已经有拿“牛酒”作为馈赠礼品的习惯了。《史记》中的《司马相如列传》就有人们争先恐后希望和司马相如交往的记载。“献牛酒以交驩”[1]。

公孙弘因生病打算辞官回家，汉武帝也曾用赠送礼物来挽留他，《史记》中记载：“因赐告牛酒杂帛。”

看来，赠送的还是牛肉。

古代中国人是怎么吃牛肉的呢？有一本名叫《礼记》的书，书中记载了各式各样的烹饪方法。其中有一种称为“渍”的生肉菜肴。将牛肉切成薄片，认真仔细地去掉肉筋，然后用酒腌制。经过一夜“去腥”之后就可以吃了。那时的调料是盐和青梅，即当时的菜肴多使用盐和青梅，因此使用“盐梅”这个词便是代表“调制”的意思。

因吃了太多牛肉而身亡的是我们的诗圣杜甫。这一说法最早来自《明皇杂录》中的虚构故事，人们普遍认为这是编造出来的。然而，《旧唐书》和《新唐书》这两本正史书籍

1 “于是卓王孙、临邛诸公皆因门下献牛酒以交驩。”——译者注

中对此事却都有相似的记载。那么，仅仅因为它是传说中的虚构，我们就应该一律拒绝或概不接受吗？的确，伟大的诗人因贪吃过量而死，说出来对热爱他的人来说实在太残酷了，所以人们祈求“并非如此”的愿望也就不难理解。

大历五年（770），杜甫在湖南省的湘江乘船，打算游访岳祠时遭遇洪水而被困数日，食物皆无。耒阳县的县令得知后亲自乘船前去恭迎，并以“牛酒”相赠。杜甫吃后，于当天夜里便死了。《旧唐书》中是这样写的：“啖牛肉白酒，一夕而卒于耒阳。”

另外，《新唐书》中描述，县令相赠的是“牛炙白酒”。

《新唐书》还记载，杜甫是大醉而死。依此说法，杜甫不是暴食过量，而是饮酒过量。其实，在杜甫晚年的诗中，我们已经可以察觉到他对疾病和年迈的哀叹。按理说，他享年才五十九岁，感叹年迈还太早。对于身患疾病一事，在杜甫的诗中描述为“肺病”，不过并非我们常说的肺结核，而是哮喘。世间因哮喘发作偶然致死的事情也是有的，那么不排除杜甫的死因既不是牛肉也不是白酒，而很可能是突发哮喘了。

杜甫作为一位伟大的诗人，可以和李白比肩，而且人们也确实经常拿他们两人进行比较。连两个人的死也要体现各自不同的性格，这正是经常被人们提及的颇具代表性的例子。

传说，李白在距南京很近的采石矶乘船顺江而行，中途豪饮，并身着锦衣开玩笑要捉到映在水中的月亮，结果落水而死。但是，这种说法听起来似乎比杜甫过量贪吃牛肉更加奇怪。因为就连《旧唐书》也只记载李白在船中“身着锦袍，旁若无人”的虚构趣闻，以及李白的好友贺知章在见到李白时赞叹：“此天上谪仙人也。”

但对于李白的死，《旧唐书》也仅仅留下“以饮酒过度，醉死于宣城”的记载。

如此看来，因捉月而溺死江中的说法，显然是后人为了让李白死得更符合李白的性格而“创作”出来的故事。

再回到杜甫的故事继续谈牛。《新唐书》中提到的牛炙，说明赠送之物是经过烤制的牛肉，而不是用酒腌制的生肉。

养猪是为了食用，但养牛则不仅仅是为了食用，因为牛还要帮助人类去干繁重的农活。除了农田耕作，牛还要负重充当人类的搬运工。所以，吃牛肉一定让当时的人们有些踌躇不决。吃掉流着汗水去耕作、搬运的牛，实在让人于心不忍。

“游刃庖丁技，扶犁田父功”[1]。这是清代诗人吴伟业（号

---

1 《梅村集·卷九》中说牛“莹角偏辕快，奔蹄伏轭穷，卖刀耕陇上，执靮犒军中，游刃庖丁技，扶犁田父功”。——译者注

梅村）在一首咏牛诗中的句子。大意是，说到牛和菜刀会让人联想到犁。而犁这个字的重要组成部分则是牛。

在咏叹搬运劳作的牛的诗中，最有名的当属白乐天题为《官牛》的乐府诗。

“官牛官牛驾官车，浐水岸边般载沙。一石沙，几斤重？”

诗作一开始就描写了牛艰难地拉着衙门的车。为什么牛要搬运那沉重的河沙，皆因新上任的右丞相有一匹十分心爱的名驹，要路过五门官道西侧的路，而路面不好，右丞相担心污泥弄脏了名驹的蹄子，要修补道路，所以牛不得不去背负沉重的沙土。

“马蹄踏沙虽净洁，牛领牵车欲流血”。名驹走在洁净的路上，马蹄虽然干净了，但牛的脖子却因负重拉车而血印斑斑。在这首乐府中诗人自己加注：“讽执政也。”

以此表明，政治家为了一小部分特权阶层（马），是可以任意支使劳动者（牛）的。

曾有这样一句话：“上不圣则有牛祸。”牛祸，意思是因牛的疫病流行，导致牛大量死亡。而牛因流行病而死，则说明高高在上之人并非圣君。牛祸这一现象，在古时似乎经常发生。牛一旦生病，那么吃牛肉尤其是吃生牛肉则是相当危险的事了。

除了杜甫，另有一位因吃牛肉而身亡的唐代诗人，此人就是贾岛。贾岛生于大历十四年（779），字阆仙，自号碣石山人。贾岛最初为僧，法名无本。后来还俗，曾任长江主簿等。杜甫当年吃的是烤肉，而贾岛说不定是食用了生肉。要知道，用酒腌制的生肉虽可消除生腥味，但病菌仍会存活。中国究竟于何时开始不食用生肉，准确的时间目前仍是个谜。不过，在当时像贾岛一样因食物中毒而身亡的人一定不在少数，因此中国也就逐渐不吃生肉了。

有这样一句话："食牛之气。"这句话与日本的谚语"檀香幼苗亦芳香"[1]的意思很接近吧。老虎和豹子的幼崽在身体尚未长出虎斑或豹斑之前，即猛兽还在年幼之时就已经具备了要吃牛的胆气。

牛是众多野兽喜爱的食物，但似乎人们总是认为老虎等野兽之所以强壮是因为吃牛。尽管我们知道牛肉的营养成分很丰富，但人们还是把牛肉比作大力水手的菠菜。

《水浒传》中，行者武松在景阳岗打死了老虎。在打虎之前，武松进到一家酒店以牛肉作为酒菜喝酒。这似乎也是暗示打死老虎的力量来自牛肉。不仅是武松，《水浒传》中

---

1 日本谚语，相当于中文的"自古英雄出少年"。——译者注

的英雄豪杰们酒量都很大，且喝酒时的下酒菜多是牛肉。现在我们吃牛排都是点菜之后才会去烤。但当时可不是，牛肉都是事先烤好或煮好的，根据客人的要求按量切出来。英雄豪杰们的点菜方式也都是一副豪爽的样子："店家，切二斤牛肉！"

吃了牛肉，就能像牛一样强壮，这应该算是一种很原始的想法。但在中国民间，似乎从远古开始就对这种想法并不认同。的确，牛的筋肉很发达，看上去极为强壮。然而，牛究竟是吃了什么才如此强壮的呢？牛不过是食草动物而已，不仅吃地上的绿草，也吃干草。这样看来，食用了看上去很强壮的东西，自身就能强壮无比的想法岂不是一件可笑的事吗？

强壮的牛属于食草动物。这自然给倡导素食的人们，尤其是给僧侣们提供了一个素食菜肴对增进健康没有坏处的佐证。而这一事实至今仍被人们津津乐道。

可见，即便在相同的国度、相同的时代，对同一事物始终都存在着各种各样的见解和看法。

1977 年《俳句与随笔》

孤佛与群像

我现在究竟与佛教有多深的缘分呢？在我周围，身为僧侣的老前辈或友人就有好几位。记得为了参加文学演讲，曾不止一次和已经辞世的今东光老和尚一起结伴同行；记得也曾有过与武田泰淳[1]先生在某座谈会上畅谈几个小时的时候；现如今的同行中，与佛教沾边的人有作家寺内大吉[2]先生，还

1　武田泰淳（1912—1976），小说家，生于东京的本乡，原姓大岛，遵照佛教学者父亲的师父武田芳淳的遗嘱改姓为武田。自幼喜爱中国文学，加入左翼组织。学生时代因参加左翼运动曾三次被捕，后在东京芝地区的增上寺道场取得僧侣资格。——译者注

2　寺内大吉（1921—2008），生于东京，本名成田有恒，作家、体育评论家、净土宗僧侣，日本关西文艺界知名人士。1955 年荣获大众文艺奖，1960 年以《迷失的诵经》荣获直木奖。2001 年出任增上寺第八十七代法事主持。——译者注

有曾是僧侣的水上勉先生；说不定你会觉得奇怪，户川昌子[1]女士也是大阪某寺庙住持的女儿。然而，即便和这些人交往甚密，我仍对佛门没有丝毫的顿悟。父母的葬礼，请来超度诵经的都是中国和尚。而居住在神户地区的中国和尚大多来自山东，虽说超度诵经用的是中文，但也是中国北方口音。我的父母都是南方人。“用日文超度诵经不是挺好吗？”这是我在葬礼上听到诵经时曾冒出的念头。可见，我对佛教的理解不过如此。

我喜欢看佛像。当然鉴赏的成分更大一些，而非信仰所在。假如让我列举一尊喜爱的佛像，估计作为候选浮现在我脑海的一定是百济观音、梦殿[2]的救世观音、中宫寺[3]的弥勒菩萨等。这三尊佛像，古昔怎样不得而知，但现在却呈给我“孤佛”的感觉，不禁令人浮想联翩。百济观音被请到法隆寺大宝藏殿进行“展示”，就算它旁近有其他佛像，似乎也

---

1 户川昌子（1933—2016），推理小说家，生于东京。曾做过歌手，1962年因《太多的幻影》荣获江户川乱步奖，开始作家生活。多部作品被影视化。——译者注

2 梦殿指日本奈良县生驹郡斑鸠町的法隆寺东院的正堂。曾因圣德太子在此得梦解疑，故称梦殿。——译者注

3 中宫寺位于日本奈良县生驹郡斑鸠町的法隆寺中。别称中宫尼寺、中宫寺御所、斑鸠御所。寺内本尊为木制菩萨半跏像，寺内称其“如意轮观音像”，一般俗称“弥勒菩萨”。——译者注

毫无关联。救世观音则成为梦殿千年的密佛，用绸缎包裹着，可谓孤佛中的孤佛了。中宫寺的弥勒菩萨则同样在榻榻米上静静地矗立，于我等俗人眼中更显得那么寂寥孤零。这几尊真实的佛像竟让我产生一种不似佛像的感觉，至少它们不属于印度风格的佛像。

诚然，提及世界宗教范围中的佛教，仍遗留着印度色彩是无疑的。但我一直以为，造成印度婆罗门教系的民族宗教之所以脱离世界性宗教的起因则源自佛教，因为佛教的东渐恰是印度色彩越来越稀薄的缘由。那么，我们对佛教或佛像中印度色彩的感悟越来越少也是很自然的，而佛教在印度无法与本地浓厚民俗色彩的印度教相提并论，也自然不无道理。

在印度，可以说对数字的“空想”几乎达到一种极端的程度。这一点在佛典中依旧可见。就拿《大无量寿经》的结尾部分来说：

> 万二千那由他（“那由他”也称作千万，也称作千亿）人得清净法眼。二十二亿诸天人民得阿那含果。八十万比丘漏尽意解。四十亿菩萨得不退转……尔时三千大千世界六种震动。大光普照十方国土。百千音乐自然而作。……

没错，简直就是数字的连续排列。似乎数字越大越多就越好，这即是宇宙构成的条件之一。

我拜访过敦煌以及吐鲁番近郊的石窟寺，当地人只是简单地称其为“千佛洞”。石窟内的墙壁上画有本生谭或净土图等，但墙面其他裸露之处密密麻麻地画满了无数个小佛像。佛语的“千佛”由来于“过去、现在、将来的三劫中会分别出现一千个佛”之意。但是，敦煌附近拥有“千佛洞”这一别称的石窟寺却是多得数也数不清。可见，千佛在此地的意思很单纯。

敦煌的石窟寺中，通常以正面的墙壁为背景筑起一个佛坛，以释尊像为中心，按照左右两个佛弟子、两个胁侍菩萨、两个天王、两个力士的顺序排列。看过几乎相同构成、延绵不断的五十多个石窟寺之后，我越发真切地感觉到，佛像原本应该是群像的。佛教是一种精神的宇宙宏图，随之，只有当佛像为群像时，方可成为构成宇宙的单位。

无论谁踏进三十三间堂[1]看到千一体的千手观音时，都会有一种非同寻常的感觉。感受这非同寻常，不正是踏进的瞬

---

1 三十三间堂是京都市东山区的佛堂。建筑物的正式名称为“莲华王院本堂”。原为后白河上皇自建的离宫内的佛堂，佛堂的本尊为千手观音。——译者注

间佛教所明示的一个“方便”吗？古代的日本人对佛像用“威仪华美”来形容。的确，所谓这世间无力而为之物，除了看作非同寻常还能是什么呢。所谓寻常之物，恰是新的宗教所欠缺的冲击力。但是，随着时间的流逝，任何冲击的疗效渐渐淡薄，我们反倒明白了只有贴近本土的、民族固有情结的，才是宗教的鲜活生命得以延续的根本。

日本人似乎已经对三十三间堂那样的群像失去了亲近感。无论怎么看，都更倾心于孤佛。与孤佛近了，却忽然意识到这样做会不会有些错位，那么一定是想起了佛教中的印度色彩。

1977 年《现代思想》

泥中之宝

从镰仓的材木座到由比海滨的那片沙滩下，曾埋着数量众多的青瓷碎片。虽然现在那些碎片几乎被人们拾光，但它仍在叙述着十三世纪到十四世纪前半叶，日本曾经的国都镰仓曾从中国进口过大量瓷器的那段历史。发现的碎片之多简直无法想象，然而却没有一件是完整的。可以推测，都是运输途中破损后被扔掉的吧。

1976 年，在朝鲜半岛西南部的新安海域，从海底打捞起一艘载满货物的沉船，着实令我们惊叹不已。打捞的大部分木箱中装满了完好无损的青瓷[1]和白瓷。截止到 1977 年 7 月末，约打捞起七千件瓷器。其规模之大是镰仓海岸那些青瓷碎片无法相提并论的。目前，打捞作业仍在继续，但根据对

1 青瓷多为龙泉窑瓷器。——译者注

打捞物品的研究和考证，人们推测沉船是一艘十四世纪前半叶的商船。

从时间上看，与中国的元朝末期很接近。元朝被明朝推翻是1367年的事。当时的日本正处在从镰仓末期转为南北朝的交替时期。而朝鲜正处在元朝统治下苦苦挣扎的高丽时期，其后接替高丽的李氏朝鲜于十四世纪末建国。此时的东亚三国，其国运不约而同地处于低潮。但是，从另一方面看，也可以说那正是一个新时代的黎明之前。我们的祖先，一边为衰败的世态而愁眉不展，一边又隐约感知到前途闪现的微弱光亮。

是的，看着从新安海域打捞起的瓷器照片，我仿佛看到了那样的时代。

青瓷和白瓷实在是太美了。那种美超越了国界，超越了生活方式和语言，它曾是直抵人们胸膛的倾诉。随之，它跨越了时空，于六百余年之后的今天，又一次直抵我们的胸膛开始倾诉。

> 大唐的货物，除药材外，其余没有也无妨。……到大唐的航程极为艰难，如果尽把些无用之物运回我国，

是极其愚蠢的事。[1]……

兼好法师在《徒然草》中的这段描写，说的分明就是十四世纪前半叶。然而，人们憧憬美的愿望是不会因满腹经纶、紧锁双眉的文人就能强忍克制的，更不会就此消失。就像天龙寺、建长寺、住吉神社、关东大佛之造营等仍会以各种理由向中国派遣商船，即便如兼好法师所说，其航程极为艰难。然而，这当真就是所谓的“愚蠢行为”吗？

不妨让我们仔细观赏青瓷的青和白瓷的白吧。观赏时，你会有一种就要被吸进那瓷器的感觉，似乎能感觉到一个别样的天地就在那里，而当你一旦被吸进那瓷器之中，你会发觉那里竟是自己灵魂的深处。

备受关注的沉船，似乎正是从中国出发，经由朝鲜来日本的船只。它或许在途中遭遇风暴而拼尽了全力，或许遭遇了海盗的偷袭。据高丽历史记载，忠定王二年（1350）正是日本三岛倭寇开始猖獗的年份。

如此说来，当时人们宁愿为此乘万里波涛、越艰难险阻，

---

1 原文为“大唐的货物，除药材外，其余没有也无妨。书籍一类已广为流布，没有的，也可转抄下来。到大唐的航程极为艰难，如果尽把些无用之物运回我国，是极其愚蠢的事。”摘自《徒然草》47页，周作人译。——译者注

它的价值是毋庸置疑的。

平安抵达彼岸的东西，不知何时已经丢失，甚至所剩无几。然而封存于新安海域泥土之中的东西，却跨越六百余年展现在我们面前。那新安海域奏响的涛声，对我们渴望美好的祖先而言，又何尝不是一首安魂之曲呢。

1979 年 1 月《产经新闻》

喀什宾馆

1977 年 7 月，我和妻子、儿子三人前往新疆维吾尔自治区采风。这是我的第二次新疆之旅，不过此行的目的地只是天山南路。

中国最西端的“市”就是喀什市。早先的汉字写作喀什噶尔，现在省略了后面两个字，以喀什作为正式地名。地名原本是 ka shi 的发音，但不知何故当地人无一例外都发 ha shi 的音。其实，维吾尔语也是发 K 的音，不是 H，我一直都觉得不可思议，但无论问谁，都说自古以来就是 ha shi 的发音。

从乌鲁木齐到喀什，据说乘卡车需要六天，乘小轿车则需要五天。我们此行是坐飞机去的。前往南疆（新疆南部）有两条航线。一条是去和田的航线，中途只在阿克苏经停，飞机是四十八人座的中型飞机，需要飞越天山。另一条是去喀什的航线，中途需要经停库尔勒、库车和阿克苏等地才到喀什，飞机是二十四人座的小飞机。我们走的便是这条航线。

小飞机的飞行高度是无法飞越天山的，因此要选择天山山麓迂回飞行。这看似是该航线的美中不足，但我却十分乐意。为了躲避高山，飞行航线恰好是曾经的商队走的路，这就意味着因飞不高而可以看清地面。相比返程，我们从和田去乌鲁木齐乘坐的四十八人座中型飞机，地面的景物非常渺小，时而还要穿越云层，真是什么都看不见。

言归正传，我们这架每站必停的小飞机从乌鲁木齐出发，一个多小时就到了库尔勒。机舱空姐在广播里介绍此次飞行的总航程有三百五十公里。其实，从库尔勒到库车有二百六十公里的距离，飞行需要五十五分钟，再从库车到阿克苏有二百三十五公里的距离，飞行需要五十分钟。虽说是机舱的正式广播，但好像并不准确。不要怀疑我听错了，因为在二十四人座的小飞机上，说话完全可以不用麦克风，宛如壁画中菩萨一样美丽的空姐那银铃般的声音让我们听得十分真切。

我们在阿克苏机场旁边的一座建筑物里吃了午饭。因飞机还需要加油，我们在这里停留了约一个小时左右。而无论是库尔勒还是库车，我们只休息了十五或二十分钟。从阿克苏到喀什大约有四百四十六公里，飞行时间需要九十分钟。

这段距离的飞行颠簸得尤其厉害。

喀什市是喀什地区的行政公署所在地。喀什地区除了喀什市以外，还有疏附、疏勒、伽师、巴楚、岳普湖、英吉沙、莎车、麦盖提、泽普、叶城等十个县和塔什库尔干塔吉克自治县，人口有二百多万。喀什市的人口大约在二十万，是南疆地区最大的城市。

我们住进了“喀什宾馆”，在这里住了五个晚上。这是一栋大得有些夸张、房间天花板很高且十分宽敞的建筑物。打听之后得知，这里是原俄国总领事馆。我认为，这里便是斯文·安德斯·赫定（Sven Anders Hedin）、斯坦因（Sir Marc Aurel Stein）、欧文·拉铁摩尔（Owen Lattimore）曾经来过的俄国总领事馆。一想到这里，竟难免有些感慨。记不清是谁写的书了，但记忆中那本书曾提到俄国总领事馆内有个游泳池。于是，我在偌大的喀什宾馆院内四处走了一遍，可惜没有发现什么游泳池。向身着维吾尔族服装的服务员和汉族的服务员打听，竟没有一个人知道游泳池的事。后来一想，她们都是二十来岁的年轻人，怎么可能知道俄国总领事馆那个年代的事呢。再后来，我还询问过上了年纪的人，结果依然是一无所获。想必，总领事馆的大门对一般百姓总是关闭的吧。我推测，宾馆内的篮球场或许就是填埋了游泳池的地方。

现如今，外国领事馆在喀什市早已不复存在。昔日帝政时代的俄国总领事馆曾驻扎过五十到六十名的哥萨克骑兵。而当时的英国通商事务所就在俄国总领事馆附近。那位荣赫鹏上校[1]（Sir Francis Edward Younghusband）曾在某本书中这样写道，不知道什么时候就会遭遇哥萨克骑兵的袭击，那日子总是令人战战兢兢、提心吊胆。是的，就在帝国主义的全盛时期，英俄两国竟是以中国边陲的这座城市为舞台，上演过一幕白刃相交的争斗。

在宾馆宽阔的庭院内，到处绽放着夏季的花朵。这里成为俄国总领事馆之前，据说曾是穆罕默德·雅霍甫[2]的宅邸。十九世纪后半叶发动了那场血腥、恐怖的入侵的雅霍普是否也曾在清晨醒来之后抚摸着庭院的花丛散步于此呢？这里景色迷人，我在庭院的椅子上坐了几个小时，竟没有一丝寂寞的感觉。我在想，即便一整天坐在这里，遐想的帷幕也不会落下吧。

1　荣赫鹏上校（1863 年 5 月 31 日—1942 年 7 月 31 日），生于印度的英国陆军上校，探险家。曾直接参与 1903 年西藏大屠杀。去过中国的内蒙古、新疆及东北地区。——译者注

2　Mohammad Yaqub Beg。汉名阿古柏（1820 年—1877 年 5 月 30 日）。——译者注

喀什宾馆有一扇威严的大门，四周被高高的土坯围墙环绕。在大门左右，并没有解放军战士的身影。大概是因为除了我们也没有其他客人的缘故吧，当然我们也不是需要警备的 VIP 客人。

位于边陲的喀什，天黑得很晚。晚上十点多，天依然很亮。虽然这里采用的是北京时间，但实际上有两小时的时差。我们来到日落迟缓的喀什大街，兴趣盎然地眺望着川流不息的街区。这里不仅有卡车、吉普车、高级轿车，还有欢快行进的骆驼、毛驴、牛和马。

地委的王主任和妇联的阿依佳木汗（音译）前来为我们送行，“下次来的时候就会好些的，欢迎你们再来”。这话的意思是，喀什机场的扩建工程将于十月份完工，那时机场就可以降落大型飞机了。言外之意，我们就不用乘坐那颠簸的小飞机了。的确，颠簸的小飞机让我们吃了不少苦头。但不知为什么，我竟有些舍不得可以清晰地看到地面、可以随时降落在某个地方的小飞机。

“真的，小飞机也无妨，我们会再来的。”我一边说着一边和他们握手道别。

1977 年 10 月讲谈社《世界历史 12 月报》

琉璃厂的历史

琉璃厂，在北京可算是极具文化味的地方。也许人们说起极具文化味的地方，往往会想象那是一个有大学或图书馆甚至是博物馆的地方。可琉璃厂一带并没有这些，自古以来就没有。人们想象的所谓有文化的地方都是作为政府项目修建的公共文化设施，可琉璃厂的发展却没有借助所谓国家财力。说得通俗一点儿，琉璃厂是凭借民间之力创造的、极富文化氛围的地方。

好了，卖关子就到此结束吧。这琉璃厂是由书籍、字画、古董、篆刻、文房用品等店铺聚集而成的地方。在这里，你不一定非要买什么，只是单纯逛一逛，偶尔溜进店里瞅一瞅，或者只为了呼吸一下琉璃厂的空气都可以。因为抱着类似的愉悦心情来这儿的大有人在。话说，我每次到北京，无论停留时间多么短暂，如果不叫辆出租车去一趟琉璃厂，这心里总觉得缺点儿什么。夸张一点儿说，如果不去琉璃厂溜达一圈，就好像没来北京一样。

那时的北京（二十世纪七十年代），出租车还没有上路拉活儿的。如果你从饭店去琉璃厂，最好让司机在那里等着你。每当需要等候乘客的时候，几乎所有的司机都会把车停在琉璃厂的中国书店门前。因为那里有一块儿稍大些的空地，还有树荫可以乘凉。

和王府井、大栅栏不同，琉璃厂出售的不是一般商品，所以那时来这里的人并不多。虽然东面连着大栅栏，但道路都十分狭窄。

根据出土的墓志等已经判明，十世纪左右琉璃厂一带被称作海王村。无论是元朝还是明朝，作为首都的北京都修筑过城墙，所以至少到明朝中期，琉璃厂这个地方还属于城外。

中国的“城”是将全部街巷用城墙围起来的地方。现在的北京街区还有城里和城外之分。明朝的成祖永乐帝从南京迁都至北京，那时城的范围只是现在的城里。正式迁都是在1421年，百余年之后，由于人口不断增加，原有的城里已无法容纳，于是开始改扩建城墙。开始改扩建城墙的施工据说是1553年的事。因改扩建至城外，琉璃厂终于被划进了城墙以里。

在清朝，城里是满族居住地，城外是汉族居住区，就像一种隔离政策似的。

明朝的书店街，据说都聚集在位于城里“礼部”的门外。这礼部就相当于日本的文部省，所以说聚集在那地方是再合适不过的了。但是，这书店街与我们印象中的书店一条街可大不一样。这里的销售对象是前来参加科举考试的数万名考生。不过，科举考试每三年举行一次，所以书店只在考试年份才会开张，属于那种露天摊位书店。据说，这样的书店街搬到琉璃厂是在清朝康熙年间（1662—1722）的后期。

正如名字所表示的那样，琉璃厂是过去烧制琉璃瓦的窑厂所在地。据学者的考证，在这里建造窑厂是元朝世祖忽必烈在位的至元十四年（1277）以后的事。

带颜色的琉璃瓦是专供朝廷使用的，民间是断然不能用的。因此，不用说这里建造的肯定是官窑了。

明朝的永乐帝在迁都北京的那个时期，自然是琉璃瓦需求最大的时候。其实，不仅是琉璃瓦，修建皇宫用的木料和砖（灰色的砖）等的需求量都十分庞大。为此，明朝为了建都设立了五大厂。以太庙为首的各种祭祀建筑特别需要大量的木材，负责筹措调运的便是神木厂；而一般皇宫用料由大木厂负责；砖等的烧制归黑窑厂；基础施工材料则由台基厂提供；还有烧制琉璃瓦的琉璃厂，算下来共五个大厂。

如今的琉璃厂地处市中心，但在明朝初期它地处城外，据说当时这一带是紧邻茂密森林的地方。因为要建造窑厂，可提供充足的燃料是必须满足的选址条件。使用的黏土（陶土）产自北京的西山。当年这附近有一条河，现在被填埋甚至踪迹全无了，西山的黏土应该就是利用这条水路运输的。就是现在，距琉璃厂很近还有个叫天桥的地名，这表明附近确曾有河川的遗迹。

所谓宫殿，就是需要不断新建、增建、改建的地方。紫禁城十分宏大，还有分散在各处的离宫，因此即便在皇宫建好之后，五大厂于明朝期间都没有被废除，工作从未间断。

明朝灭亡之后，李自成曾火烧紫禁城，为此清朝初期的五大厂可谓好一阵子的繁忙。但是，庞大规模的施工一旦结束，五大厂的续存事宜对大清朝而言也可谓烫手的山芋吧。如此这般之后，琉璃厂便转让给了民间，宫廷用的琉璃瓦只在需要时向民间采购。

到了此时，想必附近的森林早已砍伐殆尽，这一带的城镇化也肯定是日新月异。民营的窑厂就算能维系下去，其规模也一定缩小了不少。

窑厂在缩小，当然空闲土地就会增加。而该地区的权势之人为了这一带的繁荣，自然会想方设法地充分利用空闲的土地。

最快捷的办法就是招揽露天摆摊的商人。于是，琉璃厂的露天市场就这样诞生了。琉璃厂的转让据说是在康熙三十三年（1694）。开始大概是各种杂货的露天市场吧，但逐渐行业的种类被归集，古书、字画、文房用品占据主流，形成了现在琉璃厂的雏形，应该是这样的吧。

不得不说，满族在城里、汉族在城外这种分别居住的现象也是形成琉璃厂市场的一个原因。因为书籍或字画的爱好者以汉族居多。

官窑时代的琉璃厂，并非只烧制琉璃瓦。这里也烧制类似故宫或北海公园的“九龙壁”那种雕刻着各种图案的琉璃砖雕。宫廷内装饰的陶瓷器皿虽然多为景德镇制品，但建筑的附属陶瓷装饰制品则一定是出自琉璃厂。

琉璃厂从主要烧制琉璃瓦，到开始制作这类工艺品，这里自然而然汇聚了不少懂得欣赏艺术之人。可见，这一带与古董字画之渊源也绝非唐突之事。

清朝的乾隆皇帝为了编纂《四库全书》，下令征集古今群书是1772年的事。征集天下所有书籍，再从中挑选好书进行编纂，紧接着还要对这些被许可的书籍添加标题和解说。

这的确堪称一件伟业。当然，这伟业本身也存有所谓禁锢思想、言论镇压之目的。我们不该忘记，在编纂《四库全书》这一伟业背后，大清朝将视为危险的两千多种书籍划为禁书这一事实。

但是，在那个时代，由于是皇帝的圣旨，人们到处寻书的热情十分高涨，掀起了不小的图书热潮。而为了编纂《四库全书》，大批的学者被从外地宣进京城。他们几乎都是汉族人，好像就住在城外距离官府较近的北部地区。他们自然也成为书商的常客。可以想象，书商根据皇帝的圣旨在寻书过程中发挥了重要的作用。

因这次图书热潮而发财的人自然是有的。发了财，露天摊位商人慢慢开始拥有了店铺。于是，琉璃厂一带变成了书店街。

乾隆皇帝亲自主导的《四库全书》，收纳图书有三千四百五十八种，约八万卷，这些书籍均由毛笔抄写而成，最后编纂制作成七部《四库全书》[1]。这七部《四库全书》有五十余

1　当年七部《四库全书》分别存放于文渊阁（北京故宫，现存台湾）、文溯阁（沈阳故宫，现存甘肃省）、文源阁（北京圆明园，英法联军烧毁）、文津阁（承德避暑山庄，现存国家图书馆）、文宗阁（镇江金山寺行宫，太平军烧毁）、文汇阁（扬州天宁寺行宫，太平军烧毁）、文澜阁（杭州圣因寺行宫，残部现存浙江图书馆）。实际仅存三部半。——译者注

万卷，由汇集于北京的学者毛笔抄写，那么当然少不了笔、墨、纸、砚，而采购这些的商人自然大受恩惠。于是他们在琉璃厂也有了店铺。不言而喻，在向官府供货的同时，也会满足学者私人的需求。

在抄写《四库全书》之前，当然还有校对的工作。内府的藏书由翰林院提供，学者们在那里工作，但据说工作时间是从早晨到正午，下午就返回驻地。虽说是回到住处，但工作仍要继续。四库馆的学者们从官府回到住处之后，经常去的地方便是琉璃厂。因为校对这工作，必须尽可能地查阅各类不同版本的差异之处。

在当时，还是江南地区的藏书最为丰富，从江苏、浙江向北京运送书籍可是一本万利的。据说，乾隆期间最有名的书商就是陶氏的五柳居和金氏的文萃堂了。

有人说，琉璃厂的书商中，以江西人，特别是江西的金溪人居多。这大概与日本公共澡堂的经营者以越后地区[1]的人居多是一个道理吧。我想，可能早期有江西出身的书商，生意成功后将家人、亲戚、同乡叫来打工。久而久之，这些人不断各自独立，形成了一种非江西人就难成为书商的态势。

1　越后地区，位于日本北部，曾是古代国名。——译者注

书商虽是商人，但做的是文化产业，因而不乏对文化有深刻理解的店主。于是，除了收集书籍，也有人开始涉猎出版业。其中自然也有不计盈亏出版的书籍。和现在的出版印刷业不同，那时都是雕版（刻版），是非常耗时费力的一项工作。

一次性买断那些若放任不管则难免遗失、失传的珍品，这大概也算是琉璃厂书商的功德之一吧。例如，琉璃厂的延庆堂刘氏曾一次性买断《红楼梦》作者曹雪芹的祖父曹栋亭的藏书就是其中一例。

不管怎么说，因琉璃厂书店复刻的书籍而获益的读书人绝不在少数。

现在的琉璃厂已完全没有了书店街的性质。除了那门前被出租车当作等候乘客场所的中国书店，你已经很难再见到书店模样的店铺了。这是因为到了二十世纪，书店和出版的形态发生了改变。像新华书店、商务印书馆、中华书局，还有美术出版社、文物出版社这类现代化的出版社一个接一个地不断涌现。可以说，琉璃厂的手工制作出版已经完成了它的历史使命。

根据王冶秋氏的《琉璃厂史话》，解放后，在国家开始收集、整理失散的古书时，琉璃厂的书商们运用自己的经验，做出了极大的贡献。

珍贵的古书等，与其由私人珍藏，不如存放在图书馆服务于更多有需求的人。解放后，由于琉璃厂那些从事有关书店工作的人，其工作主要转为协助大学或图书馆收集或寻找古书，因而也就不太需要店铺了。

有了如此的变迁，现在的琉璃厂让人看上去才更具字画、古董、篆刻、文房用品的品相。

在中国，把字画古董商的行为称作“古玩行业”。松竹斋或清秘阁等店铺在清朝末期是很有名望的。这些店铺一般也做文房用品的生意，而且是高档品。当时他们的店铺都会出售詹大有或胡开文的墨、贺青莲或李玉田的毛笔、陈寅生的铜刻、周全盛的折扇等名家的作品。

据十九世纪末夏仁虎的《旧京琐记》记载，琉璃厂的急速衰落皆因清朝废除科举制度。但即便如此，琉璃厂还是勉强生存下来了。看过鲁迅的日记可以知道，鲁迅似乎每年都会到琉璃厂购买文物或碑帖。

但是，清朝末期以后的琉璃厂也曾有难以启齿的污点。即确曾有过商人甘愿充当珍贵文物流失海外的渠道。

就在解放前夜，古玩行业在琉璃厂已成为主流，远远超过了书店行业。那时有一部分古董商人带着他们的宝贝商品逃亡至香港。

现在琉璃厂的主角当属“荣宝斋”吧。在制作名人字画复制品方面，该店的技术十分高超。新中国成立以后，文物由国家管理，严禁珍贵文化遗产流向海外。但凡被认定在国内有保存价值的文物当然就不能摆放在店面里。但是，允许制作精致的复制品。

关于文物管理委员会的审核标准我们无从知晓，但听说同一画家的作品，有的严禁带出境外，有的则允许带出境外，算是具体情况具体分析吧。

琉璃厂的店面之物当然仅限于允许带出境外的。若是原作的复制品，无论是字画或工艺品，总会在某一处盖有文物管理委员会的蜡印。我想，这算是审核的结果，即允许带出境外的标记吧。

据前面提及的王冶秋氏那本《琉璃厂史话》记载，荣宝斋在解放前夕几乎处于破产状态。当时内乱的北京处于可怕的通货膨胀之中，这让琉璃厂的生意实在做不下去。直到解放后荣宝斋才重获新生,并成为现在足以代表琉璃厂的店铺。

荣宝斋店铺正面悬挂的商号匾额是郭沫若的笔迹。在过去，为商家店铺的商号牌匾挥毫是高官和大家学者所不屑之事，但唯有琉璃厂的商家招牌是个例外。例如，康有为给长兴书局、曾国藩给龙威阁、潘祖荫给宝森堂、翁同龢给宝古斋和尊汉阁的商号牌匾都曾提笔挥毫。

除了荣宝斋，几乎都是像北京文物店或是首都刻字厂这样的名称，具有古风的店名已经很少了。不过呢，这好歹还算是有个店名，因为有的店铺甚至没有商号招牌。有些店铺被称为第几十几号，只要你用门牌号去打听，琉璃厂的人好像就知道那家店是卖什么的。

现在，所有的店铺都是国营的，因为彼此之间没有什么竞争关系，如果你要买的东西这家店没有，你尽可直接打听“去哪里可以买到”，店家一定会告诉你，门牌号是多少多少的那家店有卖。

我第一次去琉璃厂的时候，荣宝斋还是老店铺的样子。现在是经过翻新的店铺，据说还要扩建。是的，已经到了北京烤鸭店都开始建造大酒楼的时代了，那么代表琉璃厂的荣宝斋变成现代化的大厦也是不足为奇的，只是这样一来，也许在一段时间内我们会不太习惯吧。

荣宝斋的对面有一家相当古色古香的文物店。我每次去荣宝斋都会顺路进去看看。记忆中，这家店铺好像没有悬挂类似商号牌匾的招牌。这里的法帖很多。我在这里买过端溪的砚和寿山石的文镇。这里光线幽暗适度，很有经营古老文物的店铺风格。

中国书店对面的汲古阁虽然经营着三彩陶器复制品和画像石的拓本等物，店内的氛围却十分明快。

从这里向东，有专门经营毛笔的店铺，还有摆放着零散小古董的店铺、字画的店铺和宫灯的店铺等，至于有没有店名我没有记忆。只记得那家字画的店铺是称呼门牌号码的。

首都刻字厂还要往东，听说日本游客经常到这里给自己篆刻个图章。前面提到的《旧京琐记》中说，琉璃厂的篆刻家都是金陵人，即出生于南京的人。此书记载的是清末发生的事，如今会怎样呢？我曾试着问过，得到的回答是没那回事儿。

篆刻家不仅是雕琢文字，还要篆刻印章的印钮（也称印纽、印鼻，印章的一种装饰）。这里有几位很著名的篆刻家，我让李文新先生为我篆刻了几枚印章。李先生在琉璃厂也算是屈指可数的名家，书法也十分了得，我也珍藏了几幅他的墨宝，不知他现在怎样。

除了李文新先生，我知道琉璃厂的篆刻家中还有柏涛先生、砚波先生等人。

再以北京烤鸭举个例了吧。全聚德的店名改称“北京烤鸭店”，这店名的确让人觉得很不讨巧。但听说不久的将来要恢复原来的店名了。包括琉璃厂在内，希望更多的店恢复以往那些十分亲切的名称。像“北京市文物店”这类店名，反正我觉得不像是琉璃厂的店名。

文化遗产是富有个性的产物，人们当然希望经营它的店名也是有个性的。

清朝初期有两大诗人吴伟业（梅村）和王士祯（渔洋）。这二人均与琉璃厂有很深的渊源，在最后说一说他们的奇闻轶事吧。

吴伟业在琉璃厂曾作诗描绘过烧制宫廷器物的景象。这首诗作于明朝末期。

琉璃旧厂虎坊西，
月斧修成五色泥。
偏插御花安凤吻，
绛绳扶上广寒梯。

王士祯的家在琉璃厂一带，据说就位于火神庙西侧的胡同里。当时，建有窑厂的琉璃厂曾修庙宇祭祀火神。因诗人的家就在附近，故称其为“古藤书屋”。

两位诗人几乎是同时代的人。吴伟业在其琉璃厂的诗中吟诵了烧窑的情景，并未言及书店。这是因为琉璃厂在四库馆开设之前还没有形成书店街的模样。而酷爱读书的王士祯虽然身居琉璃厂，但在其诗中也未言及书店。因为当时的古书市场在慈仁寺一带，坊间传说，只要到慈仁寺就可见到王士祯。

王士祯以其琉璃厂居所的“渔洋故居”为题写过很多诗作。下面这首诗是其中之一。

渔洋诗老定前身，
槛外藤花发兴新。
历遍枯荣存古态，
相看况是百年人。

《太阳》1979 年 11 月

挑战名画——中国画家赵万氏的秘密

书画之修业以描摹古人的名作为开始。即便在中国，从朝廷的画院到民间的画塾莫不如此。想成为合格的画家，就必定有某个时期要励精图治般的进行“临摹”。

一句“临摹”看似轻松，但从一开始照原样完全临仿到自己构图并掌握运笔技巧，其水平可就大不一样了。过去的做法是，拿到样本后照本宣科似的机械性模仿，而所谓以仿古为主、重在笔致的，又称作“不拘泥临摹”的方法，则是明代董其昌之后才盛行起来的。

还有从事制作精良复制品的行业，它与书画修业的过程完全不同。就像复原法隆寺的壁画，它主要以保留为目的，制作不差分毫的仿品。但是这样一来，随着临摹技术的不断精湛、娴熟，以金钱为目的制作赝品的情况也就不可避免了。

历史上有记载流传下来的赝品作者当中，十二世纪的翟兴祖等人算是最古远的。至于汤垕所著《古今画鉴》中提及的赝品作者陈琳则是十三世纪末的人物。我想，尽管没有留下更多的记载，但赝品先驱者的出现一定要比上述几人更为遥远才对。

这的确是一些令人大伤脑筋的人，不过制作赝品绝不是一件轻松的“工作”。要制作出陈旧有年代感的东西，就必须在纸张和墨、绘画工具、印泥品质等方面动用你所有的神经，慎之又慎。当然篆刻技术也是不可缺少的。

所有这些事，既有独自一人孜孜不倦在密室中完成的，也有利用多人分工完成的。这种“工作”的保密性十分重要，因此以家族为单位来完成恐怕是较为理想的吧。钱泳所著《履园画学》这本书中曾描述，在清朝初期，苏州的专诸巷居住着一户姓钦的人家便是以制作赝品为“家业”的。对赝品的评估是件很滑稽的事，钦姓人家的作品被称为“钦家款”（钦家的风格），因制作精湛、以假乱真而出名。那么，能作为家业代代相传，想来家族的继承都是采用独家秘传等方式吧。不过，这也算相当奇妙的说法了，那意思是钦家堪称赝品制作的“名门”了。

吴修在他所著《论画绝句》[1]中以赝品作者为题赋诗一首：

不为传名定爱钱，笑他张姓谎连天。

可知泥古成何用，已被人欺二百年。

这里讲的是，明朝崇祯年间，云间（上海松江府）有一名叫张泰阶的男子，将晋唐以来伪画新造的二百余件作品刻印为二十卷的《宝绘录》[2]。先将这本书散布到社会上，之后以高价卖出那些伪画，这很像是个计谋。由于是收录在书中的画卷，谁都会认定那就是真品。这方法直戳人类的软肋。

牛戬在其著述的《画评》中指出，翟院深这个人物曾仿造李成的山水画。据此，可见当时（十一世纪初期）流传下来的大部分李成的绘画作品，都是出自翟院深之手的赝品。

据说，李成的孙子在开封为官时，几乎每天都在收集祖父的绘画，这当中好像就混杂了不少翟院深的赝作。此事于明朝“王氏书画苑版本”的刘道醇所著《圣朝名画评》中有所记载，成为一段轶事。[3]

---

1 也称《青霞馆论画绝句》。——译者注

2 “崇祯时有云间张泰阶者，集所造晋唐以来伪画二百许，刻为《宝绘录》廿卷……”——译者注

3 《圣朝名画评》在不同时期有各种版本。编纂《四库全书》时，将圣改为宋，所以也称《宋朝名画评》。——译者注

据牛戬所言，翟院深的仿造技巧十分了得，但他自己的画作却相差甚远。也就是说，他是仿造的天才，但以画家而论，不过是三流罢了。

如果既是一流的画家又是临摹的天才，那该如何呢？

关于中国画家，当代首屈一指的大家就是赵万[1]，有传言说他是赝品制作大师。其实，赵先生不仅作为画家拥有出类拔萃的才能，他还是收藏家中的顶级人物。可能因战争期间，他曾在敦煌美术研究所亲手临摹过敦煌壁画，所以不知从何时开始便有了流言蜚语吧。

有传言说，他在世界各地有十二处居所，每日有各种发色的美女围绕。然而若告诉你这事情发生在七十岁高龄的赵先生身上，我想那只能是个传说了。不过，乘坐豪华游艇周

1　该篇发表于1969年。译者根据全文所述时间、内容、人物关系等推断，“赵万”实为著名画家张大千。难怪在当今万能的互联网上都无从查找著名画家“赵万”是何许人也。至于为何以“赵万”替代张大千，原因不得而知。作为一种可能性，也许在陈舜臣发表这篇随笔时，一来张大千先生仍在世（1983年去世），二来就当时社会、政治等背景而言，不便揣摩或妄议造成张大千先生始终未能叶落归根的原因吧。这是译者的推测。那么，何来“赵万”一词呢？据译者“推理”，由于赵和张的日语发音相同，故取赵隐张，而大千之上则为万，于是就有了“赵万”这个名字。说来，也算是以推理小说著称的陈舜臣给读者的一个推理机会吧，或者说小幽默也可。为了保持原文之风趣，译文保留“赵万”。虽然翻译之时有些令人进退维谷，但还是想借此机会表达对张大千大师的敬意。——译者注

游世界则确有其事。据说，他旅行时会带着秘书和喜欢的厨师，入住的饭店一定是带厨房的最高档房间，那么称作奢华旅行倒也不为过。他在南美的山庄有五十万坪[1]，其规模可谓异常之大。

赵先生也经常来日本。

他，曾是一位丢失故国之人。1949 年以后，他从香港去了印度。再之后，这位画界大师回绝了来自北京或台湾的盛邀。

但是，身为画家的他，却是一位无法割舍祖国山河之人。他出生于四川省，其后久居上海。江南风物早已浸透他的骨髓和血液。所以不得不说，始终无法亲近的海外生活对身为山水画家的他而言，简直就是一种致命的伤害。

据说，在他南美居住的山庄一带，与蜀国（四川省）的景观十分相似。山庄的周边，由于日本移民较多，可以买到豆腐、日式咸菜等接近中国的食材，于饮食生活还算便利。好像这也是他移居此地的理由之一。然而，这里唯独没有他心中的江南风物。

对赵先生而言，他经常到访的日本应该是中国江南风物

1　1 坪 =3.3057 ㎡。五十万坪大约相当于 165.285 万㎡。——译者注

的替代品吧。这里梅花绽放、樱花盛开，之后便是嫩绿，还有难以言表的秋色红叶之美。他说，南美那地方的树没有红叶。为此，赵先生一年中的大半时间都在日本游玩。用游玩这个词似乎有语病，因为画家的游历是探究、是汲取。

那么，如此豪游的钱又是从何而来呢？

让人产生这样的疑问，似乎也不无道理。

莫非他出身豪门吗？

赵先生年少时曾有过在日本学习印染技术的经历，这或许是对将来的生活有所考虑吧。但这也不足以表明从一开始他就坐拥几十年吃喝不愁的资产。

还有人说，他卖掉了收藏的书画，所以过上了如此放纵的生活。那么问题来了，那些书画是从哪里来的？

抗战中，特别是抗战之后，中国的社会极不安稳，在严重的通货膨胀时期，上海或南京一带的收藏家因生活所迫卖掉了手中的藏品。据说，赵先生当时以较低的价格买下了不少藏品。要知道，赵先生不仅对书画极富鉴赏能力，而且因长期生活在江南，对某地的某个人收藏了何物了如指掌，所以才有可能收集到那些精心挑选的著名书画。

赵万将自己藏品中认为属于极品的书画做成图录，并自己出版。一共四卷，其中石涛和八大山人各占一卷。仅此，他对石涛和八大山人究竟有多么崇拜可谓一目了然了吧。

石涛和八大山人的画，乍一看给人极简单的感觉，似乎相同的画自己也能画出来。而事实上，就连临摹都很困难。但这正是勾起赝品制作者内心跃跃欲试的地方。因此，虽然赝作不少，但只要是稍不用心的赝作，你一眼就能分辨。

无论怎样，赵先生的藏品中以石涛的名画居多是不争的事实。据说，他把石涛的画几乎全部卖掉了。卖画的钱便是他豪游的费用。

但是，“岂止这些”的疑问仍然在那些喜好八卦的人士之间不断产生。

不仅是敦煌，离开中国去了印度的赵万在阿旃陀石窟群遗址也临摹了。临摹的天才反倒招来了质疑——“难道卖掉的石涛的画中就没有混杂他的临本吗？”

喜爱赵万的人遍布世界各地。

毕竟，赵万是被誉为十七世纪以后诞生于中国的顶级画家，特别是他的白描技巧达到了惊世骇俗的程度。只要有个十分钟或二十分钟，他就能一气呵成地完成一幅大作。这岂是他人可以效仿的超强才能？所以，喜欢他的人自然很多。

在日本也一样，赵先生的朋友很多。

“关于赵先生，有人说他造过赝品，此事当真？”我这样问过他的朋友们。对此，赵先生的日本朋友付诸一笑。

> 赝品这东西，那是贫困潦倒的画者才做的事。赵先生没必要做那种事呀。他可是很有钱的……

当然了，在他学习绘画期间，肯定“临摹”过古人的作品。照这样说的话，他的一幅石涛临本曾经被一个姓曾的男子强行要走了。好像那男子非说那是一幅石涛的真迹。我知道的大概也就这样吧。那绝对不是所谓的赝品，明明就是临摹作品嘛。

如果为了练习临摹的绘画，被人误以为是古人的真迹，那责任又岂在赵先生。而说到责任的话，则在于或因出于某种欲望故意宣扬那是古人真迹的曾某人了。

赵先生年轻时就已是颇有名望的画家，二十几岁时已堪称大师了。作为上海画坛的第一人，与北京的溥儒被并称为“南赵北溥”。（说个题外话，溥儒先生是清朝皇族，与清朝末代皇帝溥仪及其弟弟溥傑算是同辈人。也就是说，在溥姓之后的名字都有一个“亻”偏旁的字，是同辈的亲族）。而实际上，赵先生的实力应在溥儒之上。作为当代首屈一指的画家，甚至没有可以匹敌的对手。赵万十分自信，并不把同时代的画家放在眼里，甚至在人前也从不避讳这一点。

就是这样一个自尊心极强的赵万，制作赝品这种卑劣之事于他，这可能吗？再者，他并不缺钱。如果沿着这一思路去想的话，那些认为他是赝品制作者的疑惑，从常识的角度而言，结论只能是否定的。

如果不是为了金钱，那就只剩下两种可能性了。

一个是对古人的极度崇拜，另一个是向古人的挑战。

当人崇拜到极致，你是无法用一般常识去看待他的。听说过，当喜欢的歌手演唱时，有些少女会晕厥在听众席上，等等。或许举这样的例子不太合适。但是，所谓崇拜精神中，将全身心奉献给崇拜对象时表现的古怪行为的确存在。

我的祖父就是狂热崇拜岳飞书法的信徒。几乎每天都要练习岳飞流派的书法。不仅收集岳飞的字帖进行临摹，甚至连临摹用的工具都要自己动手制作。当然，所谓工具就是很简单的玻璃箱子，在箱子里面装上灯泡的那种。将字帖放在上面玻璃的内侧固定好，开灯后便于临摹。这还不算完，后来又开始学篆刻了，说是为了刻几枚岳飞的印。也许年轻的时候学过篆刻入门吧，但在晚上，弓着背刻着蚊子大小的字，对上了年纪的篆刻外行人的身体并不是一件好事。况且一旦刻起来就是连续几天。在寒冷的夜里，祖父一边流着鼻涕一边篆刻的身影，至今都留在我的记忆里。这真是奇异无比的印象了。

我的祖父后来因此患上了肺炎，六十岁那年去世。于是家人以导致祖父生病不治为由，将祖父临摹岳飞书法的大量书籍统统烧毁，就连祖父苦心篆刻的石印也都扔掉了。

不过我认为，祖父的所为绝没有伪造岳飞的字画借此大挣一笔的意思。至少，对纸张和笔墨的质地等根本就没有考虑过。只能认为，那完全是出自深深的崇拜，一种狂热的产物。

如果说，赵万对石涛的过度崇拜还表现在习画修业阶段结束之后仍继续临摹的话，这倒是可能的。

像董其昌这样的大画家也有很多临摹的作品，但他一定会认真地标注上“临摹某某的画”。不仅如此，他绝不完全照原样进行临摹，而只是取其笔致。但赵万和我祖父的做法相似，就是说可能连落款都模仿了。此外，作为画家最为在意、敏感的大概是赵万使用了和当年相同的纸张、绢、笔、墨以及上等印泥等。若果真如此的话，那么从他回购了过去未使用的纸张和其他材料这一事实推论，倒也可以看出一些端倪。

赵万对石涛的崇拜程度，可通过他曾为题画日期是1678年的石涛“观瀑布”画卷题写的赞文了解一二。下面是他题写文章的大意。

该作品不及李龙眠吗？我想，若李龙眠再生，恐怕也自愧不如吧。有鉴赏力的人，绝不会认为我是在刻意奉承谁吧。

这恐怕是最高级别的赞誉了。

石涛与赵万之间存有几个共同点。

石涛在中国画历史上开创了新的画风。然而这种“新”与李卓吾（李贽）在思想界开创的“新”又多少存有微妙的不同之处。李卓吾的新，乃是异端的新。而石涛的新，可算是正统画派的新。

很像是一种飞跃，却不是真正的飞跃。石涛通过无数根虽细却强韧的丝与古人紧紧相连。他如数吸纳了以往巨匠们的画风，自我消化，并找到一条表现自我精神的最佳之路。他看似奔放的画风中，有一种肉眼不易察觉的约束，就镶嵌于画卷的周围。我想，这正是八大山人与石涛的不同之处。八大山人，其画卷所到之处都有一种欲冲破约束的意境。

赵万的确是一位大手笔的画家。但他仍在传统之中，其精神的飞扬也只在约束之内。因为那约束之外便是深渊。赵万没有冲破这约束的勇气。当然，说到这勇气，赵万本人是绝然无法认同的。因为在他心中，这类约束的内和外根本就不曾有过。

于约束之中，石涛也好赵万也罢，他们是艺术家，都能深刻感悟那约束中尽情展现的喜悦和哀痛，所以只能说约束之外的深渊与他们始终无缘。

赵万对石涛产生了一种共鸣，甚至将此当成了一个目标也说不定。这一状态恰如他表现出的崇拜。作为临摹样本，他时常选择石涛的作品，不经意之间，或许就相信了“我和石涛是一样的”。如果说，艺术即灵魂之表现，那么完全一致的两个灵魂已然超越时空合二为一，在这里，你无需谈论他们之间的差异。

如果赵万在自己的画卷中附上石涛的落款，并以石涛的真迹出售的话，在他头脑中或许根本就不曾有过我们想象的所谓伦理上的恶俗念头。因为，“我即石涛”——这种艺术家的信念已无法用世俗的善恶尺度去衡量了。

不是临摹，完全是一副新作，题上石涛的落款。

> 石涛一定也很想画这样一幅画，那就由我替他画吧。……

只有对自己的画作充满自信之人，才有胆量这样说。这绝非对崇拜者的亵渎。相反，替代古人完成其未尽之心愿，便是继承其大志，难道还有比这更崇高的祭奠吗？如果已达到合一的极致，那么还需要附加一个所谓的申辩理由吗？

一般所言的恶俗，只有天才可以获得宽恕。而这评判由谁来做呢？恐怕除了天才本人之外，没有人可以决定。

好吧，就算赵万确实有过传闻中的所为，但可以肯定与人们常说的赝作完全是两回事儿。

另一个可能性——我们不妨试想一下赵万是在“向古人挑战”。

在明末清初这一动荡时期，中国画坛诞生了伟大的奇才巨匠，即石涛和八大山人。但其后的一段时间内，书画方面其实一直处在沉滞时期。即便能浮出水平线的，无论是清初四王还是扬州八怪，不过都是经历不同寻常之人。事实上，这二百余年之间，并没有出现席卷画坛的巨浪。

到了二十世纪，巨匠出现了，他就是赵万。他在这二百余年中竟没有寻觅到与自己相当的画家，就连臣服石涛的王时敏也不在话下。他跨越这二百余年，发觉自己可以和石涛比肩。

石涛和自己谁更优秀呢？仅以世间的评价而论，——不对，毫不隐讳地说，以古董商交易的价格而论，还是石涛的画在其之上。

为什么？因为石涛的画更古老。其理由无非是经过了漫长的岁月。

是的，原本中国人就是尚古主义者。

怕是没有哪个国家能像中国这样如此厚待、如此看重敬老精神了。固然古代也有乌托邦的设想，但随着时代的变迁，还是会意识到无论何物终将腐朽而去。客观地看，即便是相同的艺术品，则越古远价值就越高。

作为现代画家的赵先生，也许对此心怀不满吧。“古董商卖的那些比我的画贵很多的古画就真的比我的画好吗？差的只是时间。如果是这样的话，那就用古人的名字来作画好了。抹去时间这一条件来分个胜负如何？”

假如赵先生是这样想的，那么这便是一种挑战。

听赵先生的朋友说过，他可以当场分毫不差地模仿别人的笔迹，真的棒极了。据说有时是余兴大发时所为，有时是半开玩笑时所为。听说此事甚至变成了“所以他是赝品制作者”这种质疑他名誉的理由之一。是的，若他真有心那样做的话，模仿笔迹等的确不是问题。

所谓向古人挑战，并非是临摹现存的古画，而是根据古人的笔致画出新作，让古董商或鉴定家无法看出破绽。也就是说，做到了便是赵先生胜出。

如果是挑战，那就应该在相同的舞台、使用相同的规则、挑选可以为之一战的对手。拳击手和相扑手相争，从一开始就不是比赛。与自己的气质不相符，抑或画风完全不同的古人当然要敬而远之。那么，假设赵先生选择了石涛作为对手，也算是意料之中吧。因为他们之间，无论从画作结构的规模大小、笔墨挥洒的奔放程度甚至从不脱离传统约束等来看，其相同之处还是很多的。

每当用石涛的名字作画且通过严格鉴定之后获得了承认，或者每当拿到被誉为石涛作品中的精品的鉴定书之后，赵先生一定会独自默默品味那份获胜感吧。

数年前，在美国举办石涛画展的时候，赵先生特意从巴西赶来参观。好像赵先生画过石涛作品这一流言在当时已广为传播。据说，当时在场的人都屏住呼吸望着他。

赵先生在一般的画前，几乎就是一瞥而过。但是，偶尔会驻足于某幅画作前，花很长时间去凝神观赏。

> 他停下来仔细看的那幅画，一定是石涛的真品。其余的，因为都是他自己画的，所以看都懒得看。……

好像有人曾煞有介事地这样说过。如果这是事实的话，没准儿就是赵先生来判定自己和石涛之间的胜负呢。那么他究竟体会到了胜利感还是失败感，我们无从知晓，但他本人一定是闭口不谈的。

之前曾说过赵先生题写赞文的例子。有人曾评论说，那幅“观瀑布”肯定不是石涛的真迹。将画中眺望瀑布的人物与石涛画的人物，比如陶渊明的肖像（这在赵先生的收藏品中可以见到）等进行比较你会发现很不一样。说得明确一点儿就是人物毫无生气，让人感觉就是木偶站在那里。那眼神呆滞什么都没看，只有衣服的画法与石涛其他画中的人物完全一致。

评论者指出的这一点十分尖锐。

这幅画是赵先生卖掉的，现收藏于普林斯顿大学美术馆。假如这幅画是赵氏执笔的画作，那么这就意味着，他将“李龙眠再生也自愧不如吧”这一最高级别的赞誉写在了自己的画上。那就不得不说，赵先生的这份超强自信简直令人无法想象。

赵先生仍在制作赝品这一流言被传得越来越令人咋舌了，甚至到了“不限于敦煌，就连考古出土的各种雕像中也有赵氏的仿作”的地步。

所有的一切都不过是臆测而已。但是，其赝品中，不光有为了金钱而制作的，还有因其他动机而制作的。这也算是一种可能性吧。尤其是从各种缠绕赵氏的传闻看，这种可能性的确是无可厚非的。也就是说，有些仿作的确是兴趣所致的问题。

就在写这篇小文的时候，我有过一种感觉，所谓崇拜或挑战，最终不就是同根树上长出的两个枝杈吗？突然间一个念头闪过——没错，的确存在一个唯有天才可以获得宽恕的奇妙世界。

《艺术新潮》真赝（七十）1969 年 10 月

殷周青铜器的赝品制作者们

大约二十年前，我回台湾省亲期间，某中学作为建校纪念日的活动之一，欲举办一场艺术品展。据说是学校的某位大赞助商提出的想法，他是一位热心于古董的收藏家。听说也是想借此机会炫耀一番自己秘藏的珍品。为此，学校打算向相关人员、学生的父辈仁兄等征集可展出的藏品。然而校长却有些不放心。

这是一所县立学校，活动中“县教委主任”是一定出席的，但据说这位主任是古董鉴赏方面赫赫有名的人物。那么，万一拿出来的展品过于粗糙，岂不是贻笑大方。于是决定在展出之前，请专家先过过眼。

校长请来“鉴宝”的是一位姓 Y 的老人。由于我担任陈列设计的工作，便和这位 Y 先生事先去各家看看展品。我们名义上的理由是需要考虑展厅的摆放空间，作为布展场所的程序要提前看一下展品等，实则就是若发现粗制滥造之物，便于婉转而客气地事先回绝。

都是乡绅们的所藏之物，并没有什么值钱的。就连Y先生也只说了句“碑帖还有点儿意思，其余的都不值什么钱”。记忆中，有不少日本的东西还相当不错。想来一定是战后日本人从台湾撤退时处理掉的。但是，当时国民政府正极力开展去日本化运动，因此在这个节骨眼儿上若展示这些东西难免会惹麻烦。

而就在此时，听说某地主家有一个很古老的青铜器想拿来参展。这东西名叫卣，是一种带提梁的盛酒器具。

我当然十分兴奋。因为预定参展的书画大多是地方画家或书法家的作品，我知道名字的也就是胡铁梅吧，所以总觉得艺术品展未免过于寂寞。如果青铜器能参展，仅此一件就可以让艺术品展变得分量十足。那么，就算其余展品做陪衬，来一个实际上的单品展，其价值难道还不够吗？

令人有些意外的是，听到这个消息的Y先生并没有显得多么兴奋。我想，这大概就是鉴定古董的人若轻易表现出兴奋则容易打眼的道理吧。

再者，Y先生说了，他不相信台湾有真的青铜器。Y先生是福建人，似乎有那么一点儿瞧不起台湾的地方。而我则期待即将看到的藏品是一件真品，悄然之间一种爱乡之心油然而生。路上，Y 先生告诉我，关于青铜器的锈斑，如果用手指使劲捻搓，锈斑脱落的话那肯定是十分幼稚的赝品。因为经过数千年，青铜器的锈斑已经变得和石头一样坚硬，无论你怎么捻搓都安然如故。而赝品的锈斑则会附着于手指，也就立刻会露出马脚。这样一边说着，我们来到那位地主的家。

“这可是战前，我在上海的时候买的。”医学专科中途退学之后，在上海非法行医并开了一家医院的这位地主毕恭毕敬地捧出了那尊青铜的卣，然后从玻璃罩中取出来，放在桌上。

数千年的老物件呀，仅此一点就足以震撼年轻的我了，哪里还有鉴赏的闲心。更何况我也没那个能力。只记得那卣的饕餮纹，整体被青绿色覆盖，实在是漂亮极了。

我看着 Y 先生的脸，发现他什么表情都没有。过了一会儿，像是自言自语地冒出一句“做得真不错”。地主的脸洋溢着得意的神情。我们留下一句，总之还要和校长商量一下，就离开了地主的家。

“怎么样呀？”我迫不及待地问道。Y 先生做出一副轻蔑的样子回答道：“那肯定是赝品呀。”我问道，你说的“做得真不错”，意思是仿造得还挺像？Y先生点了点头。

“那活儿做得也太糙了吧。我只是不忍心让那地主太失望罢了。不过那物件实在是无法形容的做工粗糙的赝品。”

“可是，你并没有用手去捻搓呀？”

“根本用不着。那物件就是我姓李的朋友在天津做的。要说这位李先生的作坊出来的东西，我看一眼就知道了。什么呀，那个提梁的地方，居然是焊上去的，笑死人了。远古的青铜器用到了焊接，不可能的事嘛。”

结果，学校方面还是很郑重地回绝了青铜器的参展请求。东西太贵重，学校保管起来甚是为难；与其他参展物品相比，年代相差悬殊，唯恐展示品失去平衡感——据说是找了这类借口。

“当时，如果一语道破就好了。那真的就是个纯粹的赝品。”那之后，Y先生曾这样说过。但当时对方毕竟是大赞助商，所以最终还是客套了一番。

返回日本的前几天，我在街上与Y先生偶遇，便和他道别。“哦，对了，你家在日本，这么说今后再见面的机会就很少了。如果你有空，就请到我家来坐坐吧。不远，就在附近。”

盛情难却之下，我跟着他去了。没想到他的家宅相当宏伟，让我吃惊不小。

客厅中有一个很大的玻璃橱柜，里面摆放着各种古董。仔细一看，其中有一个青铜的觚。这是饮酒的器具，即杯子。其高度不足十五厘米，青绿锈斑浓淡不一，整体腐蚀严重，感觉会碎掉一样，花纹也看不清。靠近后仔细端详，那花纹是极简单的涡纹，勉强可以认出。

虽家境贫弱，但我知道Y先生是这方面的专家，其藏品当然是真品了。他在一旁微笑着说：“和那位地主的东西相比，没那么漂亮吧？”“再漂亮的东西，是赝品也没有用呀。”我这样回答他。

直到离开Y先生的家，我们聊的话题都是青铜器和赝品制作者。而关于我回日本之后会怎样生活，Y先生甚至一句都没有提及。看得出他是个非常稳重之人，具有做事专一的性格。

殷墟的发掘工作始于昭和三年（1928）直到中日战争爆发的昭和十二年（1937），在大约九年中，共发掘了十五次。发掘开始那年成立的中央研究院基本以该工作为主。据资料记载，当年最让发掘考古队苦恼的就是经常遭遇有武装的盗墓团伙。有时甚至会面对面的不期而遇。盗墓团伙的主要目标就是可以卖出高价的青铜器。有考古报告说，在古墓中发现了宋代的铜钱，并推测这铜钱是宋代盗墓者的遗失之物。

看来，盗墓也有着古老的历史。

在过去，一件漂亮的青铜器出土后，常常会进贡给皇上。正如“问鼎轻重”这句成语，它是权力的象征。因中国人格外尊崇青铜器，所以自古以来青铜器身价昂贵。尤其到了近代，因国外收藏家也争先收购，其价格更是居高不下。

盗墓和勘探矿脉一样，不是说每次一定能挖到什么。通常会在可能有墓穴的地方钻几个洞穴，在确定墓室之后挖横穴。据说，挖竖穴很难找到墓室，无功而返的时候较多。那么，相比盗墓，显然制作赝品来钱要快得多，而这种想法在很久以前就有了。

Y先生对殷墟，特别是对青铜器的作坊很感兴趣，与我屡屡提及这个话题。据说，殷代的百姓都生活在地下。在地上建屋居住的都是王侯。因此青铜器的作坊自然也在地下，那里由一个狭窄的通道连接着两个洞穴。一个洞穴放置坩埚，用来熔化铜水，然后经过通道将铜水输送到旁边的洞穴，放入铸模成型。其作业场所并不宽敞，加之通风较差，里面极热，可以想象制作青铜器肯定是一项挥汗如雨的艰苦劳作。

就是如此的环境和工作条件，以当时古代的技术竟能造出令人叹为观止的青铜器。于是，数千年之后的今天，在地上十分舒适的作业场所和技术进步的条件下，有人琢磨着制作赝品会更容易一些吧。但是很遗憾，如今却造不出来了。

如果对当代的铸造师说，做一件和殷代青铜器相同的铸器吧，据说技术上是做不到的，然而在殷代却可以。另外，青铜器为整体铸器，其花纹如果有雕刻的痕迹，那么断定它是赝品一点儿问题都没有。包括青铜器的铭文也是铸模成型，从没有雕琢嵌入之说。

因此，自古以来青铜器的价值以带有铭文的最为昂贵。这与当时中药里被称作“龙骨”即兽骨的情况正相反。龙骨上刻有殷代的甲骨文字，但在刘铁云发现这文字的价值之前，还是没有文字的龙骨可以卖出高价。所以，曾出现过将足以揭开古代历史之谜的钥匙——甲骨文字被刻意打磨掉的情况。青铜器的情况则与之相反，有的铭文却是后来嵌入的。由于已经是成型的铸器，所以除了镶嵌别无他法。也就是说，铸器本身是真品，但铭文却是经后世之手加上去的，这类造假的例子也不少。

另外，形状相差无几的铜器，以铭文字数越多价格就越高。同时，带有青绿铜锈的要比不带青绿铜锈的价格高。有的青铜器状态保存良好且经收藏家抚摸、擦拭会显现出黑亮光泽，其中也有黄金色近似皮肤的。虽然这些都保持了当初的原状，但价格却便宜了许多。这的确让人感觉不甚合理，但古董这东西就是这样，人们还是认为带有佐证岁月沧桑的东西为好。于是，就有人在没有铜锈的铜器上，用特殊绘制工具进行青绿色的处理。换言之，铸器本身是真品，只有铜锈是伪造的。

在宋朝复古主义时期，制作了不少以殷周青铜器为模本的作品。这些作品绝非当作赝品、以骗人为目的而制作的。因为初始就称之为仿制品。这很类似“泰西名画”[1]的临摹。但是，用Y先生的话说，与真品相比，总觉得哪里不一样。但究竟哪里不一样，具体的他也没说。或者，不能说吧。他只说了一句：“凭感觉就能知道。”

在如今设备、技术都大幅度进步的时代，为什么想造出和殷周时代完全一样的铜器就做不到呢？我对此是百思不得其解。询问Y先生后，他是这样解释的：“奴隶制造的东西和普通人制造的东西相比，其差异不是明摆着嘛。”

殷代青铜器的制作者是奴隶。他们从早到晚只做这一件事。奴隶们没有其他生活可言，也无欲望可言。准确地说，是不允许他们拥有什么欲望。后世的赝品制作者由于动机就是为了金钱，因而彼此的出发点是截然不同的。另外，无论

1 日语“泰西名画”，“泰西”指“西洋”，即西洋名画。相对应的“泰东”，即东洋的意思。——译者注

是多么狂热的赝品制作者，偶尔也会外出散散步，看个剧什么的，或总有和家人团聚的时刻。而这样的生活对奴隶来说却是不可能拥有的。他们除了制作铜器，其他任何生活都是不允许的，或许连奴隶本人也从未奢想过拥有其他生活吧。奴隶只能获取维系生存的食粮，而这与被投放食物的动物又有何区别呢。

但奴隶也是人。只不过除了制作铜器，他们是被任意剥夺了一切的人。人类本应有各种事可做，创造物质也是其中之一。而被迫只做一种事的便是奴隶。所以，这一残酷现象把人类的某一面逼向了极致。也许这就是所谓人类能力的抽象表现吧。

“让奴隶一辈子只做一种事，那么他们可以完成普通人十辈子都无法完成的工作。”

我好像能理解Y先生说这话的意思。

青铜器自殷代一直延续到周代，单就作品的感染力而言，让人感觉有相当明显的退化。随后到了春秋战国，青铜器更是一路衰退。估计青铜器的制作者已逐渐不再是奴隶，而是普通人的缘故吧。

与殷代相比较，我对周代及之后的事与物总是怀有一种不屑感。我曾想，或是因为周代以后的人过于颓废吧。然而，

Y 先生的一番话让我有了重新思考。

那并非人的颓废，难道不应该看作是人类回归本真吗？奴隶也许是天才，但只能说那是人性的畸形所致。在非人性的上层建筑坍塌以及由此产生的天才们退出历史舞台之后，已经改由才能凡庸、再普通不过的、或迷恋戏剧或迷恋家庭等一群尽情享受生活乐趣的人去追寻过往天才的足迹了。因此，青铜器缺乏感染力，金文字体缺乏刚劲也就变得理所当然了。与其叹息那些畸形的天才退出了历史舞台，难道我们不该给本真的人性愚钝送去掌声吗？奴隶，留下了值得后人追寻的足迹，而我等岂有不盛赞讴歌那些悲惨天才的道理。依照 Y 先生的比喻来计算，奴隶五十年的工作相当于普通人五百年的工作。奴隶的五百年便是普通人的五千年。那么，二十世纪的赝品制作者们始终无法超越殷代青铜器这件事，或许就在情理之中了。

“姓李那家伙，简直蠢到家了。” Y 先生对赝品作坊的主人挖苦道，“制作那种一眼就能看出破绽的赝品，也只配卖给像地主那样的庸俗之辈了。或许那位地主还在为得了便宜偷着乐呢。……但是话说回来，这世间的确有人能制作比这更逼真的赝品，当然也有人能制作出和真品几乎无法分辨的赝品。不过，这可是一件很花钱的事儿。要说这赝品呀，如果没点儿钱和时间，你别想造出好东西。居然用焊接来蒙人，也就是江湖艺人骗骗乡下佬的东西。”

回到日本，家住神户的我只需要半个小时就可以前往市内御影地区的白鹤美术馆。这里是白鹤造酒厂的鹤翁[1]所藏中国青铜器的宝库。每次来到这里，我脑海里都会浮现Y先生说过的话。

如果遇到肯花费银两和时间的高级赝品制作者，就连资深的古董商也一样会上当。华盛顿的弗瑞尔美术馆（Freer Gallery of Art）以收藏中国的青铜器而闻名，但其中也有不少赝品。弗瑞尔先生作为收藏家算是超一流了，连他也有走眼的时候。该美术馆的“Chinese Bronze”是一本详细介绍收藏品的刊物，但在制作年代的地方，对赝品会清晰地明示Recent（近代的）。

例如，1909年从一位名叫Riu Cheng Chai的人手里购得一款青铜器，当时弗瑞尔先生的笔记是这样写的：“Very fine specimen of casting and probably a genuine product of the Chou dynasty...late(?)”笔记的结尾虽有一个疑问的符号，但他推测该作品是周代末期的。但是，罗吉先生在1942年进行

1 鹤翁，白鹤造酒厂第七代传人，本名嘉纳治兵卫。——译者注

“doubtful specimen”（可疑标本）鉴定后，给该作品标定为“Recent”（近代的）。

不管怎样，每一件都是上千万日元单位的物件，赝品制作者自然也会倾力而为。在赝品制作方面，既有像天津李姓作坊那样专门蒙骗乡下人、搞一些土特产工艺品的赝品制作者，也有足以蒙骗像弗瑞尔先生那样很有眼力的人的“专业”赝品制作者，赝品制作行业也可谓良莠不齐。

如今珍藏于台湾的著名的“毛公鼎”被称为青铜器中的杰作，其铭文近五百字，是现存青铜器中铭文最长的。关于该鼎的铭文，有人赞其为“文辞宏博深厚，堪比《诗经》《尚书》，为两周金文中最精彩”。但是，也有质疑毛公鼎的说法。这毛公鼎，原为陈介祺的藏品，其本人恰是青铜器学者，不仅很有钱，还是一位身负各种传闻的人物。正如前面提到的，有钱有时间就具备了制作精巧赝品的条件。据传言，在陈介祺的指导下，由金文学者吴大澂撰写了铭文的内容。除了金钱和时间，有了青铜器学者和金文学者的合作，假如这是一款赝品的话，那我认为它一定是古今赝品中的极品了。

人们所持的质疑并没有明确的依据，说到底还是凭感觉。只不过，毛公鼎的文字排列方式、字距行间由于太过规整而让人心生疑惑。毛公鼎制作于西周末期，鼎内部的长篇铸铭的文字也的确是当时的字体。这已成为金文研究的珍贵资料。但是，假如这是出自吴大澂之手的作品，那就不是研究资料，而应该称之为研究成果了。

相同的质疑也发生在珍藏于上海的大盂鼎。该鼎制作于西周初期，据说是清代道光年间出土于陕西省岐山一带。不过同样是因文字排列过于规整令人生疑。大盂鼎的铸铭为前段十行、后段九行，共有二百九十一字。与毛公鼎一样，其字体不是问题。但是，相比现代人，一般认为当时的人应该更加豁达、洒脱才是，那么对于字与字的间隔应该不至于细腻到如此规整的地步。再者，文字的排列反映着一个时代的审美意识。换言之，当时人们的审美意识与现代人存在差异应该是很自然的事。就算是非常优秀的金文学者小心翼翼制作的赝品，其文字本身当然不容置疑，但却在如上所言的某些微妙之处，还是会释放出看似赝品的味道。

针对这些具有代表性的青铜器提出质疑的是美国学者伯纳德[1]。假设他的质疑是正确的，那就是一件天大的事了。因

1　伯纳德·贝伦森（Bernard Berenson），美国艺术史学家、艺术鉴定家。因文中只提及一个姓氏，且如今已无从和作者确认，实难查证。但鉴于伯纳德·贝伦森的艺术鉴定理论以及他身兼私人收藏家及古董商人顾问等多重身份，故译者推测文中提及的应该就是伯纳德·贝伦森先生。——译者注

为不管怎么说，毛公鼎和大盂鼎可都是青铜器中的青铜器，是被奉为国宝的稀世珍品。

“您那里不会有赝品吧？”我带着那么一点儿捉弄的口吻问道。

“就连毛公鼎都会被人怀疑，何况我这里呢？”白鹤美术馆的中村馆长回答我。

由于精巧的赝品甚至能瞒过古董商的眼力，所以具有相当规模的艺术馆，其收藏品中若没有一件令人质疑的东西，恐怕业内业外都说不过去吧。像弗瑞尔美术馆那样，赝品就是赝品，这种敢于明示的勇气，我认为必须给予大大的赞赏。

“是的，或许每个美术馆都应该认真地重新思考一下了。我们也在和专家学者商议此事。”馆长的话，点到为止。

科学在进步，和从前相比，现在有了更好的精密鉴定手段。在没有化学分析方法的年代，制作赝品者无需考虑铸造材料的成分，只要形状相似即可。而今，只要经过分析，不含锰和铬元素的青铜器即可断定为赝品。此外，真正的青铜器中从未检测出锌元素。那么，只要是含锌元素的青铜器也绝对是赝品。

现代的赝品制作者面对当今的化学鉴定方法也一定有了相应的对策。真赝之间的对抗步步升级，实际的胜负早已演变为高科技之争。

“赝品居然能做到如此地步，想起来实在让人无奈得很呀。”听到中村馆长发出这样的哀叹，让我又想起到Y先生家拜访时的一件事。

那天，Y先生含着笑说“制作赝品的人呀，很多都过于贪婪了”。随后，他恶作剧似的指着玻璃橱柜中的觚对我说：“这个也是赝品。是我另一个朋友作坊的制品。他一心一意地只做这类赝品。”

反正都是制作赝品，当然要挑选可卖出大价钱的去仿造，这也算是人之常情吧。大小相同的青铜器，其形状也分好看与不好看，因而其价格也有很大差距。如前所述，铭文和锈斑的状态与价格也关系密切。由于是以挣钱为目的的赝作，一般总是会选择大型的物件吧。

但是，古董商的眼睛是锐利的，要想造出足以蒙骗他们的精致赝品，你就必须有足够的时间和金钱。特别是购买大件古董的人，看货一定是慎之又慎的。

但Y先生所说的那位另外的朋友却从不涉足大件赝品。那些经过腐蚀、花纹模糊的制品，即便是真品也不会卖出大价钱。但正因如此，买方也不会像购买大件古董那样慎重了。

这种东西也值得作假，太疯狂了吧。

就像这样，人们放松了戒备之心。而这也恰好给了造假者一个可乘之机。

“像这种好似患上皮肤病一样的青铜器，我朋友可制作了不少，而且都是很小的。不过也因此发了大财。因为小物件嘛，价钱很合适，反倒卖得不错。”

当年我还很年轻，听到Y先生这么说，非但没有羡慕那人挣了大钱，反倒觉得他很可怜。

“都说真正的青铜器是出自奴隶之手，那么制作赝品岂不是自己甘当奴隶了。一种有贪欲的奴隶，实在可怜得很呢。”

我说话声调似乎有些高，Y先生一边微笑一边点头。

“你说得没错。我的这位朋友呢，其实一开始只是想做自己喜欢做的事。铸造师嘛，总是希望能拿出自己的作品，据说是这么回事。不过，做出来的东西能不能卖出去就难说了。但是，要想做出能卖出去的东西，没有足够的财力是不行的。结果，为了攒钱，他开始涉足赝品的制作。可谁承想，钱是越挣越多，搞得越发不可收拾。就像你刚才说的那样，变成了有贪欲的奴隶。上了年纪之后，忽然寻思着难道就这样制作赝品直到死吗？马上就花甲之年了，我那朋友领悟到不能再这样下去了。后来，他下决心不再干制作赝品的行当了。这不，现在他开始做自己喜欢的工作了。”

“嗯，好像晚了点儿，不过呢，再也不干了总是好事。就像奴隶被解放了一样，对吧。”我有些轻狂地说道。没想到，Y先生十分配合我似的随声附和地说：“对，对，他总算获得了自由身。也多亏不再干了，人看上去好了很多，真的谢天谢地呀。但是呢，可能因为长时间制作赝品的缘故吧，反倒一下子做不出自己的东西了，现在好像很痛苦的样子。”

“不过，这痛苦好在也是普通人的痛苦。比起奴隶的愉悦，普通人的痛苦不知要好多少倍呢。”

“没错，没错，你说得太对了。哎呀，没想到，你这么年轻居然能说出这么有哲理的话。”

这话听起来，天晓得Y先生是在夸我呢，还是在嘲弄我，直到现在都是一个谜。唯一留在记忆中的是那天Y先生十分和蔼的眼神。

阳光温和地照射在Y先生家的庭院内。我喜欢十月台北的阳光。因为盛夏刚烈火辣的骄阳正徐徐变得温文尔雅。庭院的一角有一座红砖小屋，看上去大概是堆房吧。

道别后正要出门，我似乎闻到一股十分奇妙的味道。味道好像很熟悉。

“咦？是硫黄吧。”我若无其事地嘟囔着，抬脚迈出了大门。走出大门的瞬间，我猛然回过神儿来停住了脚步。披着台湾秋日的阳光，我伫立在 Y 先生的门前，直到剧烈的心跳平息下来。

1969 年 4 月《艺术新潮》